KB033037

베드룸 인베이더

동거규칙 위반

동거 규칙 위반~베드룸 인베이더~

초판 1쇄 찍은 날 | 2014년 10월 1일
초판 1쇄 펴낸 날 | 2014년 10월 10일

지은이 | 미타 루치아
그린이 | 하타야
옮긴이 | 강지우
펴낸이 | 예경원

편집책임 | 박우진
편집 | 오아현

펴낸곳 | 예원북스
등록번호 | 제396-2012-000132호
등록일자 | 2012. 7. 25
YRN | 제4-0003호

주소 | 경기도 고양시 일산동구 무궁화로 8-28 삼성메르헨하우스 712호 (우) 410-837
전화 | 031-819-9431 팩스 | 031-817-9432
http://blog.naver.com/ainandfin
E-mail | ainandfin@naver.com

© Mita Ruchia / Hataya
iproduction / NTT Solmare
All rights reserved.

ISBN 979-11-5630-754-9 02830

미타 루치아 글 — 하타야 그림 — 강지우 옮김

FIN PREMIUM SERIES

FIN PREMIUM SERIES

베드룸 인베이더

동거규칙 위반

*이 이야기는 픽션으로, 이야기에 등장하는 인물·단체·사건은 현실과는 무관합니다.

CONTENTS

1화
하룻밤의 실수!

요란한 알람 소리에 무거운 눈꺼풀을 떴다.

어둑어둑한 실내. 오후 다섯 시.

오늘 아침 손님은 제멋대로 돌아간 것 같다.

머리맡에는 접힌 만 엔 세 장이 놓여 있다.

"…아. 좋지 않아."

스스로의 가격에 진절머리를 내면서, 오늘의 남자가 놓고 간 듯한 담배를 입에 물고는 불을 붙였다.

"후우……."

방에는 아직 정사의 냄새가 가득하다. 조금 형편없는 짓을 당해 버린 탓에, 허리가 나른했다.

환기를 하려고 창문을 열었다.

뭐, 여나 안 여나 똑같았던 건지도 모른다.

도시의 공기 따위, 좋다고 느꼈던 전례는 없었다.

저녁의, 식기 시작한 공기가 방 안으로 흘러 들어온다.

"…준비나 할까."

샤워를 하고, 수염을 깎고, 이를 닦고.

갈아입는 것은 출근용 복장.

나는 변신한다.

화장대 앞에 걸터앉아 기초 화장품을 손에 집었다.

미끈거리는 크림을 얼굴 전체에 펴 바르고, 리퀴드 파운데이션을 바른다.

아이섀도우를 바르고, 아이라인을 긋고, 볼터치를 하고, 립스틱은 마지막이다.

마무리로 가발을 쓴다.

거울 안에서, 여자가 된 내가 미소 짓고 있다.

…혹은, 여자가 되다가 만 내가.

뭐, 변신을 할 수 있다면 뭐든지 상관없다.

나 이외의, 무언가로.

일주일 전에 바른 매니큐어가 조금 벗겨지고 있지만, 장갑을 끼면 괜찮을 것이다.

시계를 보니 벌써 일곱 시. 슬슬 나가지 않으면 늦을 것이다.

어처구니없이 비싼 집세의 집이지만, 가게까지는 전철로 한 정거장이라 다행이다.

동료인 '호스티스'들 중에는 가게까지 남자인 모습으로 와서 가게 안에서 옷을 갈아입는 녀석들도 있지만, 나는 집에서 하고 나가는 부류다.

가게 근처에서 남자일 때의 모습을 보이는 건, 왠지 부끄럽다.

하지만 출근 중 빤히 관찰당하는 건 꽤 익숙해져 있다. 그것도 일의 하나라고 생각하고 있다.

클럽 『마돈나』는 번화가 안쪽에 있는 여장 클럽이다.

고객층은 다양하지만, 기본적으로는 단골손님이 많다.

"안녕하세요."

"어머, 안녕. 캐서린. 오늘은 일찍 왔네."

마담은 '마마'라고 불리고 있지만, 기명은 마돈나이다.

풍채 좋은 몸을 하고 있어서, 남자인지 여자인지 묻는다면 미묘하다.

그리고 나는, 여성의 모습을 하고 있을 때에만 캐서린이라 불리고 있다.

"응. 오늘은 쇼가 있잖아? 그래서 일찍 와서 준비하고 싶어서."

"캐서린은 무지각, 무결근이라 다행이야."

마마가 눈을 가늘게 하고는 생긋 미소 지으며, 사람들이 좋아하는 미소를 띤다.

클럽 『마돈나』에는 수요일마다 쇼타임이라는 게 있어서, 그때마다 가게의 호스티스들이 쇼를 하도록 되어 있다.

춤이라든가, 노래라든가. 제법 본격적인 느낌이라, 연습도 제법 엄하다.

내가 하는 것은 주로 솔로 파트다.

손님이 가게로 들어오기 시작하는 오후 아홉 시쯤부터, 쇼타임이 스타트된다.

본무대에 앞서 견습 출연하는 호스티스들이 클럽댄스를 추고는 환호를 받았다. 그 뒤가 나의 차례다.

스팽글 롱드레스에 검은 장갑.

무대의 스포트라이트를 받으면 손님 쪽은 거의 보이지 않지만, 문득 시선을 향한 곳에 낯선 집단이 있었다. 마마가 접대를 하고 있으니, 싫어도 눈에 띄었다.

'보지 않는 손님도 있을 테니, 조금 서비스를 해줄까?'

나는 곡의 마지막 부분에서 교태를 지으며, 장갑의 중지를 깨물었다.

그리고 손님 한 명을 향해 시선을 흘리며 유혹한 뒤, 천천히 장갑을 물어 당겼다.

모두들 못 박힌 듯 그 자리에서 정지한다.

'캐서린' 에게.

꿀꺽하고 군침을 삼킬 것 같은 긴박감 뒤, 곡이 끝났다.

내 무대는 박수갈채 속에서 끝이 났다.

마마가 손짓으로 나를 불러 같은 테이블로 앉게 되었다.

역시, 이 녀석도 저 녀석도 본적이 없는 녀석들이다.

"이런 가게는 처음이래."

흥분한 듯 마마가 말을 꺼내, '헤~ 그래요?' 라고 적당히 말을 맞춰줬다.

"여러분은 평소 뭐하시는 분이세요?"

기세 좋게 마개가 열린 샴페인을 잔에 따르며 물었다.

"아, 우리들, 치과의사야~!"

그중에서 가장 취해 있는 남자가 웃으며 대답했다.

아홉 시 반인데 완전 취해 있다. 술에 약한 녀석인 것 같다.

"에~ 치과의사?!"

"응응. 너, 이름이 뭐야?"

"저? 캐서린이에요. 잘 부탁드려요."

영업용 스마일을 발사한다.

이런 때, 손님의 반응은 두 가지다.

그저 호기심의 눈으로 보는 녀석,

그리고, 호기심의 눈에 색이 섞인 녀석.

음… 이 녀석은 후자인가?

뭐, 이 남자라면 집으로 데리고 가도 좋을 것 같다. 건실한 직업에, 오늘 아침의 남자보다는 좋은 돈줄이 될지도 모른다.

"캐서린~ 잘 부탁해~"

"네. 저도 잘 부탁드려요. 그런데, 모두들 어떻게 이곳으로?"

"아~ 그게, 들어봐~ 니시카와(西川)가 말야… 아, 니시카와!!"

주정뱅이가 옆자리의 남자를 두드린다.

현란한 색의 조명이 교착하는 이 장소에 가장 어울리지 않는, 성실해 보이는 안경남이 니시카와라는 사람인 것 같다.

니시카와라고 불린 남자도 상당히 취해 있는지, 이쪽과는 조금 방향이 틀린 곳을 향해 가볍게 고개를 끄덕이는 인사를 한다.

"이 녀석 집이 화재로 불타 버려서~ 자포자기로 술이 마시고 싶다고 해서 말야~"

"그런 거예요? 그래서 우리 가게로?"

"응응. 이런 곳은 처음이지만~ 복잡한 고민은 일단 떨쳐 버리자고~"

그 말을 하곤, 남자는 졸음을 이기지 못했는지 소파에 누워버렸다.

"어머, 벌써?"

마마가 당황해 물수건을 가지러 안으로 들어갔다.

일단 사이를 트려고, 혼자 말을 걸어본다.

"저, 니시카와… 씨? 는… 괜찮아요?"

"네, 괜찮습니다."

흠칫하는 모습에 무심코 웃음을 터뜨릴 뻔했다. 정말 익숙지 않은 듯 보였다.

익숙한 나까지 허둥지둥하게 만들다니.

"어때요? 이런 곳, 처음이죠? 재밌어?"

"재, 재밌다기보다는……"

"아니면 기분이 나빠?"

내가 놀리듯 가늘게 눈을 뜨자, 니시카와 씨는 이미 빨갛게 달아오른 얼굴을 점점 더 농도 짙게 하더니, 시선이 흔들렸다.

"그런 건 아니… 에요. 좀 전의 스테이지라든가… 아름다웠어요……."

"어머, 능숙하니까."

처음 '캐서린'을 보고, 아름답다고 생각할 리가 없잖아. 이 자식아!! 라고 가슴속으로 욕설을 퍼붓는 순간, 딱, 하고 눈이 마주쳤다.

…어라, 의외지만 말야.

캐서린에 꽂히는 인간인가?

그렇게는 안 보이는데, 성실남 씨?

마음속으로 농담을 말해본다. 하지만, 그 눈은 묘하게 정
직했다.

…어째서, 그런 눈으로 보는 거야?

나답지 않게 뒷걸음을 치려 한 순간, 소파에 누워 있던 남
자가 으응~ 거리며 신음했다.

"으응… 네~ 괜찮, 씀니다아~"

"전혀 괜찮지 않아요. 잠시 소파에서 쉬세요."

무리하게 일어나려는 남자에게 충고하려 하자, 니시카와
씨가 끼어들며 말했다.

"아, 하지만 저, 이 녀석 집에서 머물 예정이라서……."

"이 사람은 이제 무리야. 그리고 니시카와 씨, 이 남자를
메고 집으로 돌아갈 자신 있어?"

그렇게 묻자, 니시카와 씨는 우윽 하는 곤란한 얼굴을 지
었다.

체격 좋은 몸을 구부리고는, 팔자눈썹을 한다.

왠지 귀엽다. 이 사람.

내 안에 있던 장난스런 마음이 와~ 하고 동요를 하기 시
작했다.

"그래, 니시카와 씨. 화재로 묵을 곳이 없다고 했던가?"

"네… 넷. 실은……."

"응… 그럼, 우리 집에서 지낼래?"

"에엣……?? 그런?!"

"괜찮아. 나, 이런 모습이지만 같은 남자야!"

"하지만… 폐가……."

"괜찮아. 우리 집, 넓으니까."

점점 더 곤란한 얼굴을 짓는 니시카와 씨.

귀여운 대형견 같은 사람이다.

그래. 우리 집으로 온다면 좋을 것이다.

나, 당신의 곤란한 얼굴을 좀 더 보고 싶은 건지도?

"조, 조금, 제대로 걸어!"

결국, 그는 내 집에서 머물기로 했다.

나로서는 가게에 돈도 넣을 수 있고, 오늘 밤손님도 확보하는 거니 더할 나위가 없다.

니시카와라는 남자는 일어서서 보니 의외로 체격도 좋아, 나는 그를 떠받치는 게 고작이었다.

게다가, 왠지 모르게 어쩐지 신경이 쓰였다.

어째서인지는 잘 모르겠지만.

"죄, 죄송합니다."

사과를 하고는 있지만 제대로 걸을 수 있는 상태가 아니라, 조금 걸어서 택시를 잡아 승차했다.

차 안에서 잠들지 않을까 하고 걱정했지만, 니시카와 씨는 차가 멈추자 조건반사적으로 지갑을 꺼냈다. 정말 성실남이라는 느낌이라 이상하다.

"이봐. 이제 조금 남았으니까, 정신 차려."

큰 몸을 끌며, 간신히 방 안으로 데리고 들어갔다.

"으응……."

침대로 거칠게 내던지자, 이미 완전히 잠으로 돌입한 자세다.

그렇게 놔둘까 보냐.

"이봐, 니시카와 씨. 이제 한판 하자고. 여자인 채로가 좋아? 아니면 남자로 돌아갈까?"

"에……? 뭘……."

"뭐라니, 당연하잖아. 섹스지."

그렇게 귓가에서 속삭이자, 그가 자리에서 벌떡 일어나는 바람에 서로의 머리가 부딪혀 버렸다.

"아팟……!"

"잠, 잠깐… 그런, 저……!"

"무슨, 니시카와 씨, 동정이야?"

"그, 그건 아, 아니지만. 그런, 동정이라든가, 그런 건 아니지만!"

두 번 말할 것까지는 없는데.

"그럼, 남자와 하는 게 처음이야?"

"처, 처음입니다만… 에엣!?"

"…귀찮게 됐군. 그럼 오늘은 펠라만으로 봐주지."

나는 파닥파닥거리기 시작하는 그를 무시하고는 침대 위로 올라탔다.

방해가 되는 가발은 벗어버리고 그의 지퍼를 풀었다.

"자, 잠깐, 캐서린 씨?!"

우람한 허벅지를 누르고, 나는 그의 가랑이 사이로 몸을 웅크렸다.

"가만히 있어도 돼."

슬쩍 시선을 올리자, 거의 눈물이 날 것만 같은 그의 눈과 눈이 마주쳤다.

아무리 성실남 씨라도 기분 좋은 일은 좋아하겠지?

말없이 그의 속옷을 끌어내렸다.

숨이 죽어 있는 것이 마음에 들지 않지만, 어쩔 수 없지.

"잠깐… 아웃……!"

틈을 주지 않고 입술을 가져다대자, 그는 정직하게도 등골을 떨었다.

"우웃, 아……."

"니시카와 씨의 것, 꽤 크네."

힘에 겨워하는 엉덩이로 손가락을 **뻗**었다.

그의 시선이 끈적끈적하게 달라붙고 있는 걸 알 수 있었다.

일부러 보란 듯이 입안에 머금었다.

"웃, 아웃……!"

다급한 목소리를 내어온다.

주룩, 하고 소리를 내며 마시자 그의 몸이 꿈틀 반응한다.

신음 소리에 달콤한 한숨이 섞이는 것이 색스럽다.

"웃… 기분 좋아……."

졸린 듯, 황홀한 듯한 목소리.

"기분이 좋으면, 일어나서 즐거운 걸 하자고."

"응……."

'그건 그렇다 치고 영 발기를 하지 않네…….'

빨리 세우고 먹어버리고 싶지만. 술이 너무 들어간 것일까?

여전히 시든 채로 서버릴 기색조차도 없는 니시카와 씨의 물건에, 호승심 같은 것까지 생겨났다.

'젠장, 완전 가버리게 해주지……!'

나는 열심히 혀를 움직였다.

이렇게까지 진지하게 펠라를 한 적은 없었던 것 같다.

핥아져서 기분이 좋지 않는 남자가 있을까?

비록 취한 상대라도, 지금까지는 어떻게든 되었는데.

"으… 웃……??"

그러자, 갑자기 그가 머리를 쓰다듬어 왔다.

올려다보니 흐리멍덩한 눈의 그가 있다.

"……!!"

급작스럽게 시야가 반전된다고 생각했더니, 나는 그에게 덮쳐져 있었다.

잠깐, 올 때는 그렇게 갑자기!!

불평을 말하려 했지만, 그의 큰 몸이 뜨거워서 순간 의식을 붙잡혔다.

"웃!! 아……!!"

강력한 팔이 요구하듯이 끌어안아 왔다. 조바심이 뛰어오른다.

"잠, 잠깐, 니시카와 씨……."

할 거면, 준비를…….

넓은 어깨에 손을 대고 말리려 했지만, 꿈적도 않는다.

매트리스에 깔아 눕혀져서 숨이 막혔다.

"하… 아웃……."

그의 젖은 숨이 귓불을 핥았다.

쾅쾅, 고동이 빨라진다.

…위험하다. 흥분된다.

항상 있는 일인데…….

하지만 정신을 차리고 보니 나는 어리광부리듯 헐떡이면서, 달아오른 허리를 바싹 붙이고 그에게 졸라대고 있었다.

"핫… 니시… 카와… 씨……!!"

아, 발이… 저렇게 비벼지다니……!

"아웃… 웃… 하아……?"

"쿨……."

…뭐?!!!

그의 어깨가 누르고 있던 코끝을 들었다.

이 자식, 자고 있다……?!

까불지 마!!

엉겁결에 외칠 뻔했다.

펠라를 시켜놓고(아니, 한 것은 나지만) 이런 상황에서 자다니, 대체 어떤 신경의 소유자냐!!

무심코 그의 허벅지 사이를 만지작거리자, 여전히 풀이 죽어 있는 상태다.

그럼, 체온이 높은 것은 달아오른 게 아니라 술에 취해서 졸려서였던 건가.

최악이다, 진짜.

"잘까……."

나는 니시카와 씨를 두고 침대를 빠져나왔다. 슥슥 화장을 지우고, 샤워를 하고 이를 닦았다.

거울을 보자, 원래의 내가 있다.

이 순간이 가장 싫다.

현실로 끌려 돌아온 것만 같은 기분이 들어서.

"하아……."

벗어놓은 가발을 정리하고, 항상 같은 위치에 놓아두는 마네킹에 씌웠다.

그리고 다시 한 번 더 침대 쪽을 봤다.

할 것도 아닌데, 술냄새 나는 남자 곁에 붙어 자는 건 처음이다.

하지만 어쩔 수가 없다.

내 침대는 더블침대라, 남자 두 명이 자도 뭐 나름대로 상관은 없다.

편안하게 천사 같은 얼굴로 자고 있는 니시카와 씨를 보자, 화인지 분함인지 그런 감정이 부글부글 가슴 안에서 솟아오른다.

'언젠가는 절대 찍소리도 못하게 해주겠어…….'

규칙적으로 오르내리는 니시카와 씨의 얼굴. 거기에 어울리는 안경이 왠지 성실하고 고지식하게 보였다.

"…안경 정도는 벗겨줄까……."

나는 그의 얼굴로 슬쩍 손을 뻗어, 안경을 빼 들었다.

"안경이 없는 쪽이 더 잘생겼네."

조각같이 뚜렷한 이목구비. 남성적인 콧마루. 엷은 입술. 이 녀석, 눈 모양은 어땠더라…….

그래.

이 녀석, 그 자식과 닮았다.

왠지 신경이 쓰인다 했더니.

"…자야지."

떠오를 것 같은 기억을 털어버리려는 듯 중얼거리고는, 나는 눈을 감았다.

예상대로, 꿈은 엄청난 악몽이었다.

＊　　＊　　＊

삐삐삐삐삑!!!

익숙지 않은 알람 소리에 눈이 떠졌다. 시계를 보니 오전 여섯 시다.

뭐야, 이런 시간에…….

"저……."

옆에서 가는 목소리가 들려왔다.

그쪽을 보자, 어제 감히 발기하지 않았던 니시카와 씨가 이쪽을 보고는 새파랗게 질려 있었다.

"아, 왜?"

"저, 캐서린… 씨입니까??"

"그렇긴 한데, 그건 가게에서 쓰는 이름이야. 니시카와 씨."

"에, 저… 그럼, 당신을 어떻게 불러야……."

"아즈마, 아즈마 유헤이(東雄平). 좋을 대로 불러."

"저, 저… 그럼 아즈마 씨, 갑자기 말씀드려 미안하지만."

졸려 죽겠는데 자꾸 말을 시키다니 답답한 녀석이군!

"뭐야?"

"우리들 혹시, 일을 쳐버린 겁니까……?"

굉장히 당황스런 그의 대사에, 나도 모르게 눈이 떠졌다.

아니, 이건 혹시 찬스일지도 모른다.

"…어떻게 생각해?"

내가 빙긋 웃으며 말하자, 그는 돌연 동요한 모습으로 침대 위에서 정좌를 했다.

"…뭐든 할 테니 용서해 주세요!!"

이봐… 그건 그것대로 실례잖아.

하지만 그는 당장에라도 엎드려 조아릴 기세였다.

"어젯밤 제가 당신에게 심한 일을 했다면 정말 미안합니다. 이렇게 사과할 테니!!"

뭔가 일이 미묘하게 되었다.

재밌는 녀석을 붙잡은 건지도 모른다.

"…니시카와 씨. 책임을 지고, 뭐든 하겠다는 말이지?"

"네."

"그럼, 나와 함께 살자. 집세가 비싸다고, 여기."

2화
심플, 그리고 위험한 룰

"그럼, 나와 함께 살자. 집세가 비싸다고, 여기."

아즈마는 그렇게 말하고는, 나에게 줄 열쇠와 룸쉐어의 적당한 룰을 알리고는 잠들어 버렸다.

나는 지금 굉장히 동요하고 있다.

좀 전부터 무언가가 가물가물 뇌리를 스친다. 아즈마의 야한 얼굴이 머리에서 떠나지 않아서, 얼굴이 화악하고 붉어지는 걸 느낀다.

「기분 좋아?」

눈을 치켜뜨고 물어오던 그 눈은 지금은 감겨져 있고, 편안한 숨소리만이 공간을 지배하고 있다.

몸에 남아 있는 생생한 혀의 감각.

뼈가 잉상한 몸의 감촉과 체온.

차갑게 도발하는 듯한 표정이 문득 사라지고, 안달하며 굉장히 촉촉한 눈으로 나를 본다.

그건 누구였을까?

그 기억은 진짜인 것일까?

아니면 내 망상인 것일까?

일의 발단이 뭐였더라.

그래, 집주인의 전화였다.

평소처럼 시술 중이었던 내가 그 전화를 깨달은 것은 낮 휴식에 들어가서였다.

「니시카와 씨의 옆집에서 말야, 튀김 기름으로 화재가 일어나서, 완전 다 타버렸어.」

이제 끝났다라는 식으로 남겨져 있는 음성메세지에, 나는 무심코 전화기를 떨어뜨렸다.

일단 오후의 진찰을 끝내기는 했지만 제정신이 아니었다.

스스로의 눈으로 확인할 때까지는 믿을 수가 없었다.

그렇다고 해서 결과적으로 변하는 것은 없지만.

나는 곧바로 동료에게 울며 매달렸다.

이런 때에 울며 매달릴 상대가 동료밖에 없다는 것도 한심한 이야기지만, 대학 시절의 친구들은 이미 거의 대부분이 결혼을 하거나 동거를 하고 있다.

"뭐야, 너 여자친구 같은 거 없는 거야?"

사람을 돌보는 것은 능숙하지만 다소 술버릇이 나쁜 동료는, '하룻밤이라면 우리 집에 머물고, 호텔은 내일부터 찾아'라고 말하고는 나를 술집으로 끌고 갔다.

일차에서 잔뜩 마신 우리들이 이차로 들어간 곳은, 여장바였다.

뭔가 평소에는 하지 않는 것도 하며, 기분을 풀고 싶었다.

"어서 오세요. 마침 지금 쇼 타임이에요. 손님, 좋은 타이밍에 오셨네요. 우리 집 아이들의 쇼, 보고 계세요."

느닷없이 박력 있는 마담(마돈나라고 하는 것 같다)에게 환영받은 우리들은, 순간 마신 술을 잊어버릴 정도로 긴장을 해버렸다.

과연, 이 가게에 온 것은 잘한 것일까?

여러 가지 의미로, 무사히 돌아갈 수는 있는 것인가?

하지만 마담이 권한 자리에 앉자 폭신폭신한 소파 덕분에 왠지 안심이 되었다.

무대는 마침 첫 상연이 끝나고, 다음 상연으로 옮겨갈 참이었다.

"다음 아이는 우리 집의 넘버원. 굉장한 노력파랍니다~"

마마는 우리 잔에 술을 따르며 그렇게 말했다.

무대에 나온 것은 장신의 아름다운 호스티스였다.

연약하지만, 남성인 것을 알 수 있는 체격.

하지만 고양이과의 육식동물처럼 부드럽게 움직인다.

몸에 꼭 맞는 금색의 스팽글드레스가 굉장히 잘 어울리고, 검은색의 장갑은 요염하기까지 했다.

반짝반짝 조명을 뒤집어쓴 그(혹은 그녀라고 부르는 편이 나을지도 모르겠지만)가 기타 반주의 리듬에 맞춰 노래를 시작했다.

스페인 영화에서 들었던 곡이었다.

원색의 색조가 인상적이었다. 그러고 보니 저 의상은, 그것을 흉내 낸 것인지도 모른다.

나른한 멜로디에 맞춰 그가 노래를 끝내려고 했을 때, 일순 그가 이쪽으로 눈짓을 한 것 같은 기분이 들었다.

그리고 도발하듯이 일순 입술의 끝을 벌리고는, 이로 천천히 장갑을 물고, 그것을 벗어버렸다.

그 모습이 굉장히 매혹적이라, 순간 나는 상대가 남자라는

것을 알면서도 두근두근거렸다. 술이 단숨에 도는 듯한 기분을 맛보았다.

그리고 그의 송곳니가 사람의 것보다 조금은 뾰족해서, 마치 고양이 같다는 생각을 해버렸다. 송곳니인데 고양이라니 이상할지도 모르지만.

꿀꺽 군침을 삼키자, 박수가 터져 나왔다.

마담에게 불린 그가 우리 테이블까지 온 것은 기억하고 있지만, 그 후의 기억은 솔직히 거의 없다.

기억하고 있는 것이라곤, 그의 가게 이름이 캐서린이었다는 것 정도다.

'확실히 골격이 가늘고 미인이긴 했지만, 캐서린이라는 이름과는 조금 어울리지 않아.'

그리고 정신을 차려보니 낯선 침대에서 반나체로 잠들어 있다!! 라는 상황인 것이다.

바지 앞이 풀어헤쳐진 모습에서 뭔가가 있었다는 것은 알 수 있었지만, 유감스럽게도 기억은 전혀 없다.

게다가 옆에는 벌거벗은 남자의 모습이 있다.

냉정히 생각을 해봐도, 자신이 어떻게 남자와 자고 있는지는 알 수가 없다.

다만 지그시 그를 바라보자, 남자의 반쯤 열린 입에서 기억에 남아 있는 송곳니가 보였다.

"캐서린 씨……??"

그렇게 중얼거리자, 휴대전화의 알람이 울렸다.

눈앞의 남자는 입맛을 다시면서 눈을 떴다. 머리맡에 놓아두었던 시계를 손에 들고 시각을 확인하고는, 이쪽을 기분 나쁘다는 듯이 바라봤다.

"아, 왜?"

잠에 취한 목소리가 쉬어 있어, 판별에 조금 시간이 걸렸지만 문제는 없었다.

이건 어젯밤의, 캐서린 씨의 목소리다.

"저, 캐서린… 씨입니까?"

"그렇긴 한데, 그건 가게에서 쓰는 이름이야. 니시카와 씨."

지금 당장 자고 싶다고 소리치는 듯한 상태로 그가 대답했다.

"에, 저… 그럼, 당신을 어떻게 불러야……."

"아즈마, 아즈마 유헤이(東雄平). 좋을 대로 불러."

"저, 저… 그럼 아즈마 씨, 갑자기 말씀드려 미안하지만."

아즈마는 나의 잇따른 질문에 대놓고 골이 난 표정을 지었다.

하지만 알고 싶다. 이쪽은 당황해서 도무지 의미를 모르겠다고!

"뭐야?"

"우리들 혹시, 일을 쳐버린 겁니까……?"

"…어떻게 생각해?"

빙긋 웃으며 대답하니, 어떻게 해야 좋을지 모르겠다.

아니, 원래 이 행위는 본의가 아니었으니……. 그렇지만 취해서 기억을 잃어버린 이상, 어떠한 합의가 있었던 건지도 모르고…….

혼란스러운 머릿속에서, 나는 사태를 수습시키기 위해 수단을 모색했다.

그래. 이건 사과를 하자. 무슨 일이 있었는지는 모르겠지만 우선 그는 언짢아 보이고, 사과해 두는 게 제일이다.

나는 침대 위에서 정좌를 하고, 순순히 고개를 숙였다.

"…뭐든 할 테니 용서해 주세요!!"

…그가 아무런 반응도 하지 않는다.

"어젯밤 제가 당신에게 심한 일을 했다면 정말 미안합니다. 이렇게 사과할 테니!!"

반응이 너무 없어 얼굴을 들어 그를 보자, 그는 잠시 생각에 잠긴 표정을 하고는 방긋 웃었다.

"…니시카와 씨. 책임을 지고, 뭐든 하겠다는 말이지?"

"네."

"그럼, 나와 함께 살자. 집세가 비싸다고, 여기."

그가 제시한 규칙은 단순한 것이었다.

규칙 하나.

침대는 공유. 생활 시간이 맞지 않으니 하나로 OK. 더럽히면 시트를 갈 것.

규칙 둘.

쓰레기를 내놓는 것은 아침이니까 나의 일.

규칙 셋.

그의 '일'을 방해하지 말 것.

"자세한 건 일어나서 말할 테니까……"

아즈마는 그렇게 말하고는 다시 잠의 세계로 다이빙했다.

어쩔 수 없이 나는 잘 알지도 못하는 집에서 멋대로 몸단장을 했다. 슈트에 약간의 담배 냄새가 배어 있었지만, 뭐, 어쩔 수가 없다.

"그래… 정장도 사야겠군."

앞으로의 일을 생각하자, 나도 모르게 한숨이 나와버렸다.

냉장고를 열자, 안에는 캔 맥주와 어육 소시지밖에 없었다.

나는 아즈마가 어육 소시지를 베어 무는 모습을 상상하고는, 조금은 재미있는 기분이 되었다.

저렇게 아름다운 사람도 어육 소시지 같은 걸 먹는구나.

그렇게 말하고 보니 한동안은 저걸 먹지 않았었다.

그런 것들을 생각하며, 나는 그가 있는 침실 쪽을 한번 돌아보고는 문을 열었다.

익숙지 않은 출근 경로에 당황하며 근무하고 있는 클리닉에 겨우 디다르자, 왠지 안심이 되는 듯한 기분이 들었다.

"아, 좋은 아침입니다."

귀여운 목소리로 위생사인 카와키타(川北) 씨가 인사를 해온다.

"니시카와 선생님, 괜찮으세요? 왠지 어제 엄청나게 취해 버렸었다고 들었는데요."

큰 눈을 크게 깜빡거리며, 카와키타 씨가 고개를 갸웃거렸다.

"뭐… 괜찮다고… 할까나."

"정말이세요? 집도 화재로 사라졌다고 들었어요."

"아, 그건… 어떻게든 될 것 같아. 걱정해 줘서 고마워."

빙긋 카와키타 씨에게 미소를 짓자, 그녀는 그 이상의 추궁은 하지 않았다.

괜찮다고 말은 했지만…….

아즈마는 정말 나를 살게 하기로 마음을 먹은 것일까.

잠결이었기 때문에 기억하지 못 한다… 라는 가능성도 충분히 있을 수 있는 이야기다.

일을 하는 사이에는 계속 집중을 하며, 되도록이면 그 일은 생각하지 않도록 했다.

이 클리닉은 오피스가에 있기 때문에, 점심시간은 대목이지만 그 이외의 시간은 한가하다.

"어이."

휴게실에서 멍하게 앉아 있자, 어젯밤 함께 술을 마셨던 동료가 오렌지 주스를 들고는 굉장한 얼굴을 하고 있었다.

"어젠 괜찮았어?"

그러고 보니, 그 뒤 어떻게 된 것일까?

"눈을 떴더니, 그 가게더라고."

하하하, 하고 웃은 동료는 흐느적거리며 휴게실의 소파에 앉았다.

"그러고 보니, 니시카와. 너야말로 어젯밤 어떻게 된 거야?"

"아니, 네가 재워주지 않아서."

라고 여기까지 대답하자, 그 뒤는 뭐라고 말을 해야 좋을지 모르겠다.

동료에게 사실대로 말해야 할까?

아니, 무리다!

당연히 무리지!

여장 바에서 일하고 있는 남자 집으로 굴러들어가서는, 게다가 어쩌면 상당히 어덜트한 일도 했을지도 모르는데!!

"캡슐호텔에서 잤어."

"그래… 미안했어. 어제는."

"아니, 재밌었으니까 됐어. 다음에는 금요일에 하자고."

"응."

오후 진료는 충치수술이 세 건, 임플란트 상담이 여러 건이었다. 많은 양은 아니었지만, 처리하고 보니 어느새 퇴근 시간이 와버렸다.

근무처인 클리닉은 접수는 오후 여덟 시까지 받고 있지만, 내 앞으로 오는 예약이 없고, 당번이 아닌 한 퇴근 시간은 다섯 시다.

나는 무척이나 망설인 끝에, 아즈마의 집으로 가기로 했다. 그대로 아무 일도 없었던 걸로 하기에는 '뭐든지 할게' 라고 말해 버렸으니 체면상 그렇게 할 수도 없다.

어떻게든 기억을 되새겨 아즈마의 아파트로 당도했다.

다시 한 번 더 보니, 꽤나 훌륭한 아파트다.

입구는 뭔가 조금은 요새 같기도 했다.

입구의 호출 패널에서 그의 집 번호를 누르자 잠시 음악이 흘러나왔다.

"…네."

불쾌한 듯한 아즈마의 목소리.

조금은 위축되어 버렸다.

"저, 저… 니시카와입니다만……."

"아아, 니시카와 씨. 일이 끝난 거야? 수고했어."

삐— 하고 소리가 나자, 간단히 자동문이 열렸다.

방 안으로 들어가니, 아즈마는 출근 전인 것 같았다.

젖은 머리는 아직 말리지 않았지만, 복장은 여성의 옷이었다. 가게에서 입는 드레스. 게다가 핑크다.

그 어중간한 모습이, 거꾸로 왠지 이상한 분위기를 자아내고 있었다.

…뭐랄까… 왠지 야하다……!

"어딘가에 여벌열쇠가 있을 텐데… 아, 봐봐, 여기."

아즈마는 선반 안에 들어 있던 열쇠를 나에게 건넸다.

고맙다고 인사하자, 그는 곧 흥미를 잃은 얼굴을 돌리곤 화장대 앞 의자에 앉았다.

"그러고 보니 아침에 말했었지, 룰 셋."

그의 '일'을 방해하지 않는다… 라는 건, 어떤 것일까?

"아, 나 가끔 여기에 손님을 데려오니까."

…왠지 폭탄 발언을 들어버린 것 같지만, 그건 패스다.

나도 그가 데려온 한 사람이니, 아무 말도 할 수가 없다.

"손님을 데리고 올 때는 다섯 시까지는 연락을 할 테니까. 여섯 시에는 집에서 나와줘. 아, 나중에 휴대전화 번호 가르쳐 줘."

"다섯 시? 다섯 시라면……."

"응? 아아… 아침 다섯 시지, 당연히. 우리들, 서로 엇갈리는 생활이니까."

"아아… 일았이."

그와 나의 생활이 동떨어졌다는 것만 재확인하고 말았다.

그런 이야기를 하고 있는 사이에도, 그는 계속 화장을 하고 있었다.

익숙한 솜씨로 크림을 바르고, 조금은 화려한 색의 아이섀도를 바른다. 마스카라를 바르고, 볼터치를 하고, 마지막에는 립스틱을 바른다.

그리고 머리를 정리하고 가발을 쓰자, 그는 그녀가 되었다.

아, 캐서린 씨다.

"이 휴대전화. 연락처 입력해 줘."

캐서린 씨의 모습인데, 말투는 아즈마인 채여서 왠지 신기한 느낌이 들었다.

나는 그의 휴대전화에 내 번호를 등록했다.

내가 휴대전화를 그의 클러치백에 넣자, 그는 거울에서 눈을 떼지 않은 채로 '고마워'라는 말만을 건넸다.

거울에서 스스로의 완성도를 확인하는 듯한 동작에, 나는 그만 두근두근해졌다.

사내대장부가 단순히 여자의 모습을 하는 것만으로, 이렇게 되지는 않는다.

　아즈마는 분명 저 모습이 되기까지, 엄청난 노력을 했을 것이다.

　그는… 왜 이런 일을 하고 있는 걸까?

　"그럼, 다녀올 테니까 쉬어. 니시카와 씨."

　"아, 아즈마!"

　"뭐야?"

　엉겁결에 불러 세웠지만, 굉장히 무례한 기분이 들어 물어보는 게 약간 주저되었다.

　"냉장고에 있던 어육 소시지. 하나 먹어도 될까?"

　내가 멍청이처럼 그렇게 묻자, 그는 표정 하나 바꾸지 않고 대답했다.

　"…맘대로 해."

3화
깨끗이 씻은 시트

　니시카와 씨와의 생활은 생각 외로 쾌적했다.

　우선 생활 시간대가 어긋나 있는 게 좋았다. 거의 만나지를 않는다.

　내가 사용하고 있지 않는 시간에 이 집을 빌리고 있으니(그리고 집세는 절반) 효율이 좋다.

　그에게 일임한 쓰레기 버리는 일도 성실하게 해치우고 있는 듯하고, 그의 휴가라고 생각되는 토요일에 세탁까지 해주는 것에는 깜짝 놀랐다.

　게다가 어쩐지 요리하는 걸 좋아하는 것 같아서, 냉장고에는 항상 뭔가 먹을 것이 들어가 있게 되었다.

하지만 우리들은, 그 이후로 한 번도 안거나 그 비슷한 일은 하고 있지 않다.

게다가 내 현실이라고 하는 것은 대체로 몹쓸 것이라, 쾌적한 일상이 계속되는 것도 아니었다.

"캐서린. 오늘 어때?"

신음하듯 귓가에서 속삭이는 뜨거운 목소리.

이 녀석은 몇 번인가 관계한 남자로, 나도 이 녀석을 싫어하는 것은 아니었다.

"…괜찮아요."

그렇게 남자의 속삭임에 대답했다.

허벅지에 놓인 손이 애무처럼, 천천히 내 윤곽을 따라 그려진다. 술이 도는 뜨거운 손이 욕정을 자아내어, 나는 잠시 화장실에 다녀오겠다고 말하고는 로커로 향했다.

『오늘 손님이 갈 거야.』

단순한 문장. 간단한 메시지. 그것만으로 좋으니 꽤 편하다.

보통의 동거와는 달리 좋다느니 싫다느니 하는 관계가 없고, 상대의 폐 같은 것도 생각할 필요가 없다.

어디까지나 이건 규칙이니까.

잠시 답장을 기다렸지만, 답장은 오지 않았다.

나는 휴대전화를 가방에 넣고, 관계 전 필요한 사전 처리

도구를 꺼냈다. 이미 익숙한 것이니, 비교적 금방 끝이 났다.

"기다렸지."

남자의 옆으로 돌아가니, 한층 더 애무가 뜨거워졌다.

"저기, 여기서는 좀……."

"아, 그래. 그렇지. 미안."

천연덕스럽게 대답한 주제에, 남자의 눈은 욕망으로 번득이고 있었다. 그런 금요일이다. 집에서 자고 있는 니시카와 씨도 휴일일 테지만, 이 남자도 휴일일 것이다. 그런 것이다.

오전 여섯 시. 우리들은 흥을 깨는 아침 햇빛은 가능한 한 받지 않도록 하며, 택시를 타고 아파트로 서둘렀다.

열쇠를 열고 집으로 들어가자, 침대는 깨끗이 정돈되어 있었다.

약속대로 아무도 없었다.

"읏……."

남자는 내 허리를 쓰다듬으며, 현관 앞인데도 성급한 키스를 해온다.

입술이 쪽쪽거리며 닿고, 혀가 입안을 따라 훑을 때에는 난폭하게 턱이 잡혀 있었다.

숨이 괴로워져서 엉겁결에 그의 손을 뿌리치려고 잡았다.

하지만 남자의 힘이 강해서, 피부에서 잡아떼는 것도 잘 되지 않는다.

"웃, 으음……."

남자의 혀가 내 입술을 밀어 넓히며, 강제로 안으로 들어온다. 입안, 잇몸, 그리고 혀를 골고루 핥아온다.

이런 일로 기분이 좋아지다니, 나는 어쩔 수 없는 인간이다.

허리 주위에서 찌르릇 하는 저림과도 같은 쾌감이 펼쳐진다.

간절히, 숨을 쉴 수 없다.

더 이상은 안 돼, 라고 생각하자 입술이 떼어졌다.

오싹오싹해졌던 허리가 순식간에 꺾여, 나는 현관에 주저앉고 말았다.

하이힐이 벗겨졌다. 조금 다리를 삔 건지도 모르겠지만, 그런 건 어찌 되어도 상관없다.

문득 남자를 보자, 내가 발랐던 립스틱이 입 주변에 다닥다닥 붙어 있어서 마치 짐승 같은 무언가로 보인다.

아마 나도 비슷한 상태가 되어 있을 것이다.

밤새도록 일을 하고 아마 화장도 벗겨져 너덜너덜해져 있을 나도, 결코 아름답다고는 할 수 없을 것이다.

그런 비참한 상상에, 조금은 흥분하고 있는 내가 있다.

"이미 서버렸어."

손끝으로 입술을 문지르자, 남자의 흥분한 목소리가 들려왔다.

"침대로……."

남자는 난폭하게 나를 세우고, 거침없이 침실로 들어가 침대 위에 쓰러뜨렸다.

"캐서린."

이런 때에 캐서린으로 불려지자, 나는 이미 모든 게 다 상관없어졌다.

쾌감을 느끼고 있는 것은 캐서린이지, 내가 아니다.

육체도 정신도 이럴 때만은 전부 캐서린의 것이다.

"읏……."

긴 드레스의 옷자락이 넘겨지고, 딱딱해지기 시작하는 성기를 꽉 하고 잡혀 버렸다.

"아… 읏… 거긴… 하읏……."

"아픈 걸 좋아하면서, 부드럽게 해주길 바래?"

싫어하는 척을 한다. 어디까지나 시늉인 것이다. 몸은 이미 쾌감에 달아올라, 남자의 뜨거운 손이 속옷 위를 가볍게 만지는 것만으로도 견딜 수가 없다.

'좀 더 빨리 해줘.'

애타는 자극에 허리가 흔들린다.

그런 내 반응을 본 남자는, 흥분으로 흐린 눈을 하고는 이쪽을 보았다.

"정말, 캐서린의 몸은 야해."

나도 남자의 셔츠를 벗기고, 그 피부에 손을 미끄러지듯 가져다댄다.

"드레스 더러워지니까, 벗겨짐."

등 뒤의 지퍼를 천천히 애태우듯이 내리고, 드레스를 벗긴다. 그 틈에 어긋난 가발도 벗어버린다.

"빨아."

남자는 그렇게 말하고, 속옷 한 장 차림이 된 나를 향해 성기를 내밀었다. 무방비의 상태로.

보란 듯이 그것을 입안으로 불러들였다.

"아아……."

한숨 같은 소리를 내며 남자의 턱이 뒤로 젖혀졌다.

푹푹, 하고 소리를 내며 남자를 부채질했다.

익숙한 맛이 입안으로 넓게 퍼지자, 나는 완급을 붙여 남자를 절정으로 몰아붙였다.

"잠… 잠깐, 캐서린……."

삐걱거리며 긴장한 남자가 죽을 것 같은 소리를 내며, 내 입에서 성기를 빼냈다.

"기왕이면, 넣고 싶어."

그런 말을 듣자, 순간적으로 니시카와 씨와의 실패가 생각이 났다.

"…좋아."

나는 고개를 끄덕였다. 잃어버린 자신을 되찾으려는 듯이.

넙죽 엎드리자, 쾌감으로 움찔움찔거리며 느슨해져 있는 구멍을 굵은 손가락이 휘저었다.

"웃, 아……."

손가락이 묻혀오는 감각에 이를 깨문다. 앞에서 조금씩 끈적끈적한 것이 흘러나오기 시작한다.

난 지금, 범해지고 있다…….

"잘 풀어놓아야지."

"웃……."

달라붙은 소리를 내며 꽂히는 남자의 손을 느끼며, 시트에 발려진 빳빳한 풀 때문에 나는 니시카와 씨를 떠올렸다.

침대 아래에 놓여 있는 싸구려 업무용 콘돔을, 뜨겁게 서 있는 상대의 성기에 씌웠다.

"넣어줘……."

푸념 같은 소리를 내자 남자의 일부가 삽입해 들어왔다. 그 순간, 나는 나 자신이 무엇을 하고 있는지도 알 수 없게 되어버렸다.

현기증을 닮은 감각에, 나는 한층 더 높이 헐떡였다.

뒤에서 허리를 안은 채, 힘차게 안쪽까지 찔러온다.

"앗, 웃, 하웃……."

요동에 맞춰져 목소리가 새어 나올 때의 칠칠치 못한 감각이 좋다.

쾌감으로 머릿속이 새하얗게 되어가는 감각이 좋다.

"캐시린, 게서린."

하아, 하아, 하고 거친 숨의 틈새에서 남자가 내 이름을 부르고 있다.

나도 그의 이름을 부르며, 원하는 척을 한다.

"웃, 아아, 하웃……."

안을 굴러가는 것처럼 허리를 움직이자, 정신을 잃을 것만 같다.

"좋아… 좀 더… 좀 더."

"캐서린, 이제, 나, 갈 것 같아."

그 말을 신호로, 스스로 발기된 것을 손가락으로 훑어나갔다.

나를 맛본 남자의 타액으로 손바닥이 미끌미끌거려 뜨겁게 미끄러졌다.

뒤를 자극당하면서 앞을 움켜쥐니, 의식이 날아가 버릴 정도로 기분이 좋다.

꽉 하고 눈을 감는다.

"웃, 아아…… 좋아. 같이 가… 내보내……."

"웃!"

남자의 성기가 크게 부풀어 올라, 정이 부딪혀 오는 것을
느꼈다.

"웃, 하, 아웃······!"

미끌, 하고 남자의 그것이 빠져나갔다.

남자는 고무의 입구를 꽉 쥐어짠 후, 쓰레기통으로 그것을
넣었다.

난 호흡을 정리하면서, 다리 힘을 빼고 엎드려 침대에 주
저앉았다.

알지 못하는 사이에 내뿜어진 정액으로 시트가 더러워져
있다.

엎드려 눕자, 배 주변으로 젖은 감촉이 달라붙었다. 하지
만 그런 건 어찌 되어도 상관이 없다.

아무튼 피곤했다.

나를 안았던 남자는 한 번 내뿜고는 시원해졌는지, 망설이
지 않고 샤워를 하러 간 것 같다.

빗소리 같은 물소리를 들으며, 나는 꾸벅꾸벅 잠으로 떨어
져 갔다.

'화장, 지우지 않으면 피부에 안 좋은데······.'

생각은 그렇게 하면서도, 남자가 샤워를 하고 나올 때까지
일어나지는 못할 것 같다.

일어나려는 마음조차 잃어버렸다.

무거운 눈꺼풀이 점점 밑으로 내려와서, 위험해, 위험해라고 생각하는 사이에, 나는 완전히 의식을 놓은 것 같았다.

다시 정신을 차렸을 때엔, 이미 태양이 완전히 높게 떠 있이서 놀랐다.

보통은 저녁쯤에 일어나는데, 이렇게 태양이 눈부시다니 오래간만이다.

시계를 보자 열두 시 이십 분.

당연히 샤워를 한 남자는 없고, 남은 것은 말라비틀어진 정액으로 반짝반짝 빛나는 시트와 나 자신의 몸뿐.

머리맡에는 만 엔짜리가 세 장, 놓여 있었다. 그 가격에 약간 식상해하면서도 그것을 지갑 안으로 밀어 넣는다.

일단 몸을 어떻게 하지 않으면, 역시 기분이 나쁘다.

가능한 한 거울을 보지 않도록 하며 샤워를 한다.

화장을 지우고 전신을 깨끗이 하며, 남자와의 일은 깨끗이 잊는다.

이제 한숨 잘까 하는 생각으로 침대로 돌아갔다.

침대 위는 딱 봐도 정사 후라는 것을 확실히 알 수 있는 꼴이었다.

나 혼자만이라면 이대로 잘지도 모른다. 하지만, 나는 그 순간 그를 떠올렸다.

애써 풀까지 먹여가며 세탁을 해주었는데, 이렇게 더럽히다니. 왠지 죄의식이 느껴졌다.

게다가, 니시카와 씨도 남자다.

타인의 정액이 덕지덕지 묻은 시트 따위는 보고 싶지 않을 것이다.

나도 이런 장사를 하고 있지만 않다면 보고 싶지 않다.

"세탁… 할까……."

어쩔 수 없이, 나는 나른한 허리를 어떻게든 움직여 침대 시트를 벗겨냈다.

그것을 세탁기에 집어넣고, 언제 준비되어 있었는지도 모르는 세제를 넣고 스타트 버튼을 눌렀다.

윙윙~ 흔들리기 시작하는 세탁기. 나는 오랜만에 밝은 햇빛 안에서 방을 바라봤다.

내 머릿속 이미지보다도 훨씬 깨끗했다. 즉, 니시카와 씨가 청결하게 정리를 했다는 것이다.

물건의 위치가 바뀌지는 않았지만, 어쨌든 먼지는 없다.

벗어던져진 채 있는 가발이 기분이 나빠, 마네킹에 씌워 가볍게 손질했다.

냉장고를 열어보자, 식재료 외에도 만들어 놓은 반찬이 몇 종류 들어가 있었다.

'감자샐러드' 라는 꼼꼼한 글자가 쓰여져 있는 반찬 통.

손에 들고 열어보자, 그리운, 이미 몇 년이나 먹지 않았던 것 같은 직접 만든 요리가 꽉꽉 채워져 있다.

나는 자신의 목에서 꿀꺽 소리가 나는 것을 느꼈다.

"뭐, 내 집이니까……."

이상한 변명을 하면서 나는 그것을 몇 개 없는 식기에 담고, 막 씻은 숟가락을 사용해 입으로 옮겼다.

"맛있다……."

누군가 직접 만든 요리를 먹는 게 오래간만이라 더 그럴지도 모른다.

몸으로 천천히 배어드는 것 같은 맛이었다.

"니시카와 씨, 요리 잘하는구나."

조금 더, 조금 더 먹자 하는 사이에, 어느새 통은 비어버렸다.

실망하는 순간, 세탁기가 완료 신호를 알렸다.

가벼워 흐느적거리는 한 장의 이불을 집어 들고는, 베란다로 가져가 털어 말렸다.

바람이 기분이 좋다. 배가 불러서인지, 갑자기 졸음이 몰려온다.

"…한숨 더 잘까?"

새 시트를 걸 힘이 없다.

그대로 매트 위로 누웠다.

눈을 감자, 바로 잠에 빠져 버렸다.

"아즈마! 아즈마!"

흔들리는 감각에 눈을 뜨자, 니시카와 씨의 얼굴이 눈앞에 있었다.

잠이 들었다는 기억은 있는데, 정말로 푹 자버린 모양이었다.

"으… 니시카와 씨, 안녕."

"안녕 하고 있을 때가 아냐! 항상 출근하는 시간인데, 괜찮아?"

그 말에 문득 시계를 보자, 일곱 시 출근 예정인데 벌써 여섯 시 반이었다.

나는 당황해서 벌떡 일어나, 몸치장을 시작했다.

샤워는 생략하고, 얼굴만 씻고 수염을 깎고 화장을 했다.

화장만은 생략할 수 없는 것이라, 평소보다 간단한 메이크업으로 끝을 냈다.

가발을 쓰니, 예정 시간보다 십사 분 정도 늦은 출발이었다.

"니시카와 씨, 내일은 일요일이지만 쓰레기 버리는 날이니까, 잘 부탁해."

나는 그렇게 말을 남기고, 급히 집을 나왔다.

4화
침대 옆 쓰레기통에

　모두가 들뜨는 금요일이 왔지만, 내 마음은 전혀 개운하지가 않다.

　우선 오늘은 충치 치료가 엄청나게 몰려 있었다.

　몇 명이나 되는 환자의 이를 깎아내고 있으면, 나 자신이 무엇을 하고 있는지 모르게 될 때가 있다.

　그리고 전 집주인으로부터 전화가 왔다.

　부부 모두 나이가 들어 이제 짧은 여생만이 남았으니, 아파트 재건은 없다.

　마침 빈방도 많았으니, 건물은 헐어내고 그곳을 주차장으로 할 예정이다. 그런고로 불타지 않은 물건은 한 달 이내에 찾으러 와달라는 것이었다.

　나는 또다시 들고 있던 휴대전화를 떨어뜨릴 뻔했다.

　간신히 쇼크를 감추고, 아즈마의 집으로 돌아갔다(이 표현이 맞는지는 잘 모르겠지만).

　가뜩이나 신경을 집중시키지 않으면 안 되는 직업인데, 여러 가지로 피로감이 심하다.

　이런 날 나의 스트레스 해소법은 요리를 만드는 것이다.

　나는 피곤한 몸을 끌고, 아즈마의 집 가까이에 있는 슈퍼로 들어갔다.

　아즈마의 아파트는 훌륭한 고급맨션이었지만, 주변에는 이런 서민적인 가게도 있었다. 찾으면 뭐든지 있는 것이다.

　아즈마는 전혀 요리를 하지 않는 듯했다.

　함께 살기 시작한 지 이제 조금밖에 지나지 않았지만, 냉장고는 여전히 비어 있는 상태였다.

　응.

　"그래서 그렇게 마른 몸인 건가."

　양배추를 비교해 가며, 그런 독백을 해버렸다.

　당황해서 주변을 둘러본다. 아무도 듣지 않은 것 같았다. 다행이다.

　나는 대량의 식재료를 사서, 아즈마의 집으로 돌아왔다.

　부엌살림을 살펴보고 놀랐다.

이 집에 있는 조리도구라고는 냄비 하나, 프라이팬 하나, 소쿠리 하나에 볼이 하나, 칼과 조리용 긴 나무젓가락, 밥솥.

그것뿐이었다.

…나는 슈퍼로 돌아가 빈찬통을 샀다.

그리고 감자샐러드, 그리고 쇠고기와 조갯살에 생강을 넣어 조린 반찬, 미트 소스. 이렇게 보존할 수 있는 것만을 만들었다.

그리고, 그것을 내 저녁반찬으로 조금 덜어낸 후, 나머지는 반찬통에 넣어 냉장고에 보관했다.

기분은 개운해졌지만, 또다시 우울해졌다.

이제 앞으로 어떻게 하지.

이런 생각이 머릿속을 이리저리 뛰어다녔다.

이곳에서의 생활은 의외로 편안하고 아즈마도 좋은 사람이지만, 역시 쭉 이렇게 아즈마와 생활할 수는 없을 것이다.

나로서는 그렇게 나쁘지는 않지만, 아즈마의 일을 생각하면 먼 훗날 폐가 될 것이다.

그렇다, 단지 일주일을 함께 살고 있을 뿐인데, 나는 이미 여섯 번 '아침 문자'를 받았다.

'가능한 한 생각하지 않으려 하고는 있지만.'

하지만, 짐은 가지러 가지 않으면…….

그릇을 씻으며 생각한다.

적어도 조리 도구만이라도 가지고 올까나…….

아즈마의 찬장은 한산하니, 여기에 잠깐만이라도 놓아두어도 되리라.

내일은 또 마침 토요일이니, 아즈마에게 요리를 만들어 먹여도 좋을지 모른다. 모처럼이니 좀 더 친해지고 싶다.

그렇게 결정하고 샤워를 했다.

지금은 잠옷으로 아즈마의 티셔츠를 빌리고 있지만, 슬슬 자신의 옷을 가져올 필요가 있을지도 모른다.

응. 왠지 기둥서방 같달까나, 이 기분.

냉장고에서 캔 맥주(이것을 보충하는 것도 내 일이 되었다)를 꺼내 단숨에 마시고는 침대로 들어갔다.

아침에 일어나면, 지난 주 정리해서 빨아놓은 시트로 갈아야지.

그렇게 생각하며 잠이 들었다.

· 혹여 실수로라도 받지 못하는 일이 없도록, 아즈마의 문자를 받을 시간쯤에는 휴대전화의 음량을 최대로 해놓고 있다.

시끄럽게 휴대전화의 알림이 울린다.

황급히 서둘러 벌떡 일어나 문자를 확인했다.

『오늘 손님이 갈 거야.』

뒷내용은 굳이 적지 않아도 알 수 있다.

'그러니 집에서 나와.'

이건 공동생활의 룰이다.

나는 침대 밑에 업무용 성인 콘돔 상자가 있는 것도 알고 있고, 그가 그런 일을 하고 있는 것도 알고 있다.

그리고, 그가 무슨 일을 하고 있는지에 대해서도 자세히 알고 있다.

이 침대에서, 라고 생각하면 꽤나 복잡한 마음이 되지만, 적어도 잘 곳 없는 나를 이곳에 머물게 해주는 사람을 비판하고 싶지는 않다.

…걱정이 없다고 하면 거짓말이겠지만.

하품을 꾹 참으며 시트를 갈고, 옷을 갈아입은 후 집을 나왔다. 오전 다섯 시 오십 분. 평소보다 조금 늦었다.

신중하게 문에서 고개를 내밀어 좌우를 확인하며, 말랑말랑한 융단이 깔려 있는 복도를 종종걸음으로 빠져나왔다.

엘리베이터를 확인한다.

지금은 일 층에 있는 듯하다.

…그리고 엘리베이터의 신호 램프가 움직이기 시작했다.

어쩌면 아즈마가 오고 있는 건지도 모른다.

그렇다는 건, 우연히 만날 수도 있다는 것이다. 좋지 않아!

일단 숨을 장소를 찾았다. 이런저런 사이에 엘리베이터는 점점 올라온다.

육 층, 칠 층.

문득 보자, 비상계단이 있다.

나는 지푸라기라도 잡는 마음으로 계단의 문을 열었다.

십이 층, 십삼 층.

문을 여는 동시에, 띠잉 하고 엘리베이터의 도착음이 울렸다.

그리고, 남자 두 명의 이야기 소리.

한쪽은 아즈마다.

나는 안심이 되어 가슴을 쓸어내렸다.

그러자, 호기심이 급격히 불쑥 솟아오르는 걸 느꼈다.

'조금만이라면……'

소리가 나지 않게 문을 열고는, 두 사람의 모습을 확인했다.

'캐서린'을 연기하고 있는 아즈마와, 슈트 차림의 조금 풍채가 좋은 남자.

둘이 함께 아즈마의 집으로 들어간다.

다음 순간, 깜짝 놀라 소리를 지를 뻔한 나는 당황해서 손으로 입을 막았다.

들어가는 순간, 남자가 억지로 아즈마에게 키스를 했다.

그 순간, 문이 천천히 닫혔다.

'키스 같은 걸 하다니……. 아니, 그거야 하겠지. 그래, 하는 게 당연하지.'

생각하면 할수록 그다지 부자연스러운 건 아님을 알게 된다.

하지만 그 장면이 강렬하게 내 뇌리에 남아, 머릿속을 떠나지 않았다.

주르륵, 그대로 주저앉았다.

뭘 하고 있는 거냐, 나!!

훔쳐보다니, 멍청한 놈!

"뭔가… 쇼크인데."

이대로 비상계단의 가장 밑바닥까지 떨어질 것 같은 기분이었다.

가라앉은 기분으로 아파트를 나왔다.

차가운 바람이 볼에 닿아, 더욱더 기분이 어두워졌다.

"짐, 가지러 가야지……."

정신을 가다듬고, 나는 전차에 몸을 실었다.

첫 열차에 가까운 전철 안은 텅 비어 있었다.

전철 구석에서 어떤 아가씨가 좌석을 점령한 채, 누워서 잠들어 있을 정도였다.

덜컹덜컹거리는 전철의 흔들림에, 사고의 테두리가 빠져나간다.

멈추지 않는 생각이 머리 안에서 번식한다.

아즈마가 손님과 함께 있는 것을 직접 보는 것은 오늘이 처음이었다.

그렇게 아름다운 아즈마와, 그 풍채 좋은 남자가 나란히 서 있었다. (미안한 말이지만)남자는 꼴사나운 모습이었다.

미녀와 야수?

아니, 아즈마는 여자가 아니지만.

하지만 지금쯤 아즈마는 그 침대에서 라든가 그런 것을 생각하자, 머릿속이 엉망진창이 되어갔다.

기억 속에서 아즈마의 에로한 얼굴이 가물가물거린다.

그런 얼굴로 안고 있는 걸까, 안기고 있는 것일까 같은 생각들이 번진다.

공교롭게도 나는 안긴 적이 없기 때문에, 아무리 해도 아즈마가 안고 있는 것밖에는 상상이 되지 않는다.

그 조금 낮은 저음의, 반지르르한 목소리로 속삭이듯이 헐떡이는 걸까.

하얀 송곳니가 난 입으로 핥고, 입에 물고, 그리고…….

"우왓!! 잠깐 기다려!!"

그런 상상을 하면 안 돼!! 라고 머리를 흔들었다.

어느새 목적지인 역에 도착했다는 것을 깨닫고, 급히 전철을 뛰쳐나왔다.

그리고 아연실색해 버리고 말았다.

서, 섰잖아…….

"어, 어째서……."

한창인 나이이기는 하지만, 어째서 이런 곳에서…….

우, 우선은, 기분을 가라앉히고 진정해라, 나여!

지금 가장 기분을 착잡하게 만드는 것은, 그래, 바로 이것이다.

불타 버린 아파트.

"하아……"

다시 봐도 달라질 건 없다. 정말 불타 있다. 어떻게든 마음을 다 잡고 아파트 안으로 들어갔다.

불이 난 날에 귀중품만이라도 옮겨 내놔서 다행이다.

탄내가 정말 지독해서, 나도 모르게 소매로 입과 코를 막았다.

우선, 타지 않은 법랑냄비와, 금속 조리도구, 그리고 탄내가 묻은(하지만 다소는 그럴듯한) 옷, 그리고 제대로 작동할지 어떨지 모르는 노트북을, 해외여행용으로 샀던 슈트케이스 안으로 밀어 넣고, 아파트를 나왔다.

생각보다 시간이 걸려서, 정신이 들었을 때는 정오에 가까웠다.

슈트케이스를 끌며, 자신의 전 소유물이 고작 이 정도인가 하는 생각이 들어서, 무척이나 안타까운 기분이 되어갔다.

사실은 당장 아즈마의 집으로 돌아가고 싶다.

마음을 달래기 위해 요리나 집안일을 하고 싶다.

하지만 아침에 있었던 일을 되돌아보고는 머리를 흔들었다.

오늘은 제대로 얼굴을 맞댈 마음이 들지 않는다. 그렇지 않아도 이른 아침부터 그런 망상을 해버리기도 했고.

우선 역 앞의 패밀리 레스토랑으로 들어가서 기분을 가라앉혔다.

컴퓨터의 전원을 넣어보자 다행히 고장 나지는 않은 것 같아 조금은 안심이 되었다.

드링크바에서 배가 부를 때까지 메론 소다를 마신 후에야, 마지못해 레스토랑을 나왔다.

이제 여섯 시다. 아즈마의 집에 도착하면 여섯 시 반.

아즈마가 출근하고 있을 시간이라, 만나지 않고 끝날 수 있을 것이다.

전차를 타고 아즈마의 집으로 돌아갔다.

하지만, 문을 열자 뭔가 집안 풍경이 이상했다. 전기가 들어와 있지 않다.

아즈마는 나를 신경 쓴 것인지, 출근할 때에 항상 전기를 켜주는데.

슈트케이스를 거실에 두고 침실로 향하자, 시트가 없는 침대 위에서 아즈마가 자고 있었다.

야경의 불에 비춰진 뺨.

마치 어린아이같이 잠든 얼굴이다.

순간 정신없이 바라봤다.

하지만, 이내 당황하고는 전기를 켜고 아즈마를 흔들었다.

"아즈마! 아즈마!"

대체 무슨 일이 있었던 거야!

혹시 굉장히 상태가 나쁘다든가?

원래 있던 시트도 없고?!

"으… 니시카와 씨, 안녕."

내 걱정과는 달리, 아즈마는 졸리다는 듯이 눈꺼풀을 들었다. 쉰 목소리는 완전 섹시하지만 말이다.

"안녕 하고 있을 때가 아냐! 항상 출근하는 시간인데, 괜찮아?"

아즈마는 머리맡의 시계를 확인하자마자 고양이처럼 뛰쳐나가서는, 급히 몸치장을 시작했다.

"니시카와 씨, 내일 일요일이지만 쓰레기 버리는 날이니까, 잘 부탁해."

그렇게 외치듯 말을 남겨놓고는, 밖으로 뛰쳐나갔다.

나는 어안이 벙벙해서 잠시 멍해지고 말았다.

그리고 문득, 베란다에 시트가 널려 있는 것을 발견했다.

"…아즈마, 세탁을 해주었네."

밤바람에 흔들려, 습기가 차기 시작한 시트를 걷어들였다.

'그렇다는 것은, 이런저런 일이 있었다는 거네……'

나는 최근 산 곰돌이표 세제의 향기를 맡으며, 급발진할 것만 같은 생각을 서둘러 털어냈다.

"안 돼!! 안 돼!! 다른 걸 생각하라고!! 그, 그래!! 쓰레기!!"

부탁받은 일을 하려고, 허둥지둥 침대 사이드의 쓰레기통을 손으로 집었다.

그 순간 눈에 들어온 것은, 입구가 꽉 묶인 콘돔(사용 후의)이었다.

툭 하고, 이성이 끊어지는 소리가 났다.

정신을 차려보니 나는 화장실로 달려가서는, 이미 발기한 나의 상징을 꺼내고 있었다.

"웃……."

꽉 쥐자 이미 딱딱해져 있다.

아플 정도로 뜨겁고 괴롭다.

긴 시간 속옷에 눌려져 있어서, 뜨겁게 화끈거리는 그 끝은 끈적끈적하게 젖어 빛나고 있었다.

사춘기도 아닌데 이렇게 되어버리다니, 부끄러워 죽어버릴 것만 같다.

문에 등을 걸치고는, 거친 숨을 내쉬면서 그것을 전부 퍼냈다.

바로 내보내려고 손을 거칠게 움직이며, 문득 긴장해 있는 그 끝을 손가락으로 당기듯이 올려보았다.

그때 아즈마가 해주었던 것처럼.

"웃……!!"

움찔, 하고 등이 뒤로 젖혀진다.

그날은 기억하고 있지 않다. 기억하고 있지 않을 테데, 이 것을 아즈마라 생각한다. 그것만으로 새어나올 것만 같다.

레이스 드레스를 잡은, 아즈마의 가는 손가락.

양물을 그대로 올리고, 애태우듯 손톱으로 물건을 간지럽 힌다.

"하웃… 하, 웃……!!"

매니큐어를 정리한 아즈마의 손톱.

쭈욱, 쭉 하고 젖은 소리를 울리며, 지나치게 미끈미끈하 게 부풀어오른 줄기를 훑어 올렸다.

화장이 완성된 아름다운 옆모습. 그리고, 아이 같은 무방 비하게 잠든 얼굴.

"웃… 하웃… 웃……!"

얼굴이 증발해 버릴 듯이 뜨겁다.

발끝에서부터 치밀어 오르는 사정감에 사로잡혀, 나는 스 스로를 통제할 수 없을 정도로 허벅지를 경련시키고 말았다.

새하얀 시트가 눈꺼풀에 펄럭였다. 그리고, 쓰레기통 도…….

"아… 아즈마… 아즈마… 웃……!"

그 순간, 잡은 중심이 아플 정도로 강하게 맥박 쳤다.

"아, 아, 아웃!!"

하얀 변기 위로 토해진 것을 보자, 잠시 멍해졌다.

아즈마…….

"하아…하아…하아……"

한숨인지, 단순히 거친 숨인지 알 수 없는 숨을 토해내며, 손을 씻고 변기 위를 씻었다.

"뭘 하는 거야… 정말……."

하필이면 동거인인 아즈마를 상대로…….

이런 놈 최악이다.

고개를 숙인 채 화장실을 나왔다.

침울한 마음으로 거실로 돌아오자, 부엌 싱크대에 낯익은 것이 보였다.

어제 요리를 넣었던 반찬통이었다.

감자샐러드라는 라벨이 보인다.

"아즈마, 먹어줬구나."

그 사실이 강렬한 펀치처럼 더욱더 내 기분을 침울하게 만들었다.

5화
첫사랑 남자의 맛

"캐서린, 드문 일이네? 지각이라니."

마돈나 마마는 단속할 일은 단속하는 타입이다.

오늘 내가 가게에 도착했을 때의 모습을 생각하면, 마마가 나를 불러내는 것도 무리는 아니다.

화장은 번들번들, 머리는 엉망, 게다가 지각이다.

"죄송합니다……."

"캐서린이 성실한 아이라는 거 알고는 있지만, 이 장사는 신용이 제일이야. 캐서린은 이런 일 처음이지만, 주의해 줘. 정말 불건전한 생활을 하고 있다니까……. 너 최근 제대로 자고 있어? 먹고는 있는 거야?"

걱정스런 목소리로 변한 마마가, 재를 뚝하고 재떨이로 떨어뜨린다. 나는 머리를 숙일 수밖에 없었다.

지각은 평가에서 마이너스다. 처음으로 마이너스가 났다.

한숨을 쉬면서 마마의 방에서 나왔다. 텅 빈 가게 안.

꽉 찬 담배냄새를 조금이라도 없애려, 가게 뒤쪽의 창문을 열었는데 조금 춥다.

"…돌아갈까."

니시카와 씨가 오고부터, 어쩐지 상태가 틀어지고 있는 것 같다. 전에는 잠들지 못해, 뭔가 먹고 싶다고 생각한 적도 없었는데.

가게를 나와 익숙한 편의점으로 들어가 담배를 샀다. 정말 지독한 녀석이다.

그다지 담배를 좋아하는 것은 아니다.

좋아하지도 않는 담배를 피고 있는 한심한 자신을 불쌍하다고 생각하고 싶을 뿐이다.

편의점 앞 흡연 공간에서 담배에 불을 붙였다.

그러고 보니, 담배는 언제부터 피기 시작했더라?

나는 고향에 있었을 때에는 성실한 학생이었다.

그냥, 성실한 게이였다.

나를 사랑해 주는 양친과, 아무런 불편이 없는 생활. 그래서 다소 고향에서는 철부지였던 건지도 모른다.

성적은 그렇게 좋지는 않았지만, 국립대학으로의 진학도 정해져 있었다.

다소 답답하지만, 그런대로 행복한 생활이었다.

하지만 사실은, 철이 들었을 때부터 나는 여장을 하는 것에 희미한 동경을 품고 있었다.

양친에게 자신이 게이라고 털어놓는 것은, 마지막까지도 하지 못했었다.

그래, 고교 졸업식 날 동급생 남자에게 고백이라는 바보 같은 일대결심만 하지 않았더라면, 나는 그대로 부모님 집에서 대학을 다니며 고향에서 살고 있을 것이다.

「뭐? 기분 나빠. 너.」

알고는 있었지만, 머리를 얻어맞은 것 같은 충격이었다.

그 말을 들은 나는 그대로 곧장 집을 나와 상경해서, 그대로 일을 시켜줄 만한 가게에서 면접을 봤다. 그게 클럽 마돈나다.

마돈나 마마는 그런 바보 같은 나를 주워준 은인이다.

화장하는 방법 같은 것도 가르쳐 줘서, 나는 가게에서 인기 있는 아이가 되었다.

하지만 나는 어디까지나 바보인 채였던 것이다.

일을 시작하고 일 년도 되기 전에 손님 남자와 사귀어 그의 룸메이트가 되었다. 이러쿵저러쿵 변명을 한대도 결국 외로웠던 나는 그의 집으로 굴러들어갔었다.

그리고, 그 후 그 녀석은 결혼을 하고, 나를 두고 맨션을 나갔다.

결국 내 수중에 남은 것은, 분에 맞지 않게 넓고 비싼 그 집과 남자와 자는 습관뿐이었다.

폐에 쌓인 연기를 단숨에 토해냈다.

이른 아침은 춥다. 이 이상 서 있으면 감기에 걸릴 것만 같다.

"그러고 보니 니시카와 씨, 그 녀석이랑 좀 닮은 건지도……."

어째서 니시카와 씨가 그렇게 신경이 쓰이는 건지 조금은 알 것 같았다.

전체적인 몸집이 왠지 첫사랑의 남자와 닮았다.

미나미다(南田)와…….

머릿속에서 두 사람의 얼굴을 겹쳐본다.

하지만 떠오르는 것은 니시카와 씨의 강아지 같은 표정뿐이라, 왠지 웃어버릴 뻔했다.

미나미다의 그런 표정은 본 적도 없는 데다가, 이미 대부분의 기억도 희미해져 있다.

"니시카와 씨, 자고 있을까나⋯⋯."

재떨이에 담배를 비비고는, 퍼가 달린 코트 앞을 닫고 걸어 나갔다.

한산한 번화가의 새벽은 굉장히 살벌하다.

쓰레기를 버리는 종업원과, 그것을 회수하고 있는 차.

쓰레기를 줍고 있는 노숙자에, 술에 취해 길에 쓰러져 있는 사람.

그것을 보고 있자면 다시 담배에 불을 붙이고 싶어진다. 우울한 기분이 된다.

졸음과 싫은 기분을 한 번 더 한숨으로 내쉬려 하자, 갑자기 화난 목소리가 들려왔다.

"뭐? 까불지 마!!"

남자의 큰 목소리 사이로, 여성의 가는 목소리가 들려온다.

간이 큰 호스티스와 손님 사이의 말썽일 것이다.

나는 귀찮기 때문에 그런 일에는 관여하지 않는 주의다.

하지만, 그 후에 들려온 것이 사람을 때리는 지독한 소리여서, 나는 나도 모르게 그쪽으로 달려갔다.

여자를 때리다니, 역시 안 되는 일이다, 어떻게 생각해도.

소리의 발원지는 더러운 뒷골목으로, 그곳에는 쓰러져 있는 여자와 남자가 있었다.

여자는 아마 외국인인 듯, 가엾게도 남자에게 맞은 듯 뺨을 누르고 있었다.

"잠, 잠깐, 무슨 짓이야!!"

황급히 여자에게 달려가자, 남자가 나에게까지 주먹을 날릴 듯 사나운 얼굴을 했다.

여자를 감싸며 남자를 노려봤다.

뒷골목이고, 아침이라 얼굴이 잘 보이지 않는다.

"방해하지 마. 이 자식아!!"

맞는다고 생각하고 반사적으로 눈을 감아 충격에 대비했다.

하지만, 계속 기다려도 충격은 전해지지 않았다

"…어라?"

그렇게 생각하고 눈을 뜨자, 남자의 얼굴이 눈앞에 있었다.

"너, 혹시 아즈마??"

가만히 얼굴을 보자, 본 적 있는 얼굴이었다. 조금 인상이 나빠져 있긴 하지만, 분명 미나미다.

"뭐야, 너. 드디어 진짜 게이가 된 거냐?"

바보 취급을 하는 듯한 웃음에, 나는 얼굴이 붉어져 조용히 고개를 돌렸다.

"아하핫. 정말 아즈마네? 이쪽을 좀 봐. 이봐."

난폭하게 턱을 잡혀서 무리하게 얼굴이 돌려졌다. 긴 손가락이 얼굴로 파고들었다.

아프다.

그사이 여자는 내 뒤에서 나와, 하이힐 소리를 울리며 도망쳤다.

"…뭐야."

유심히 나를 관찰하는 노골적인 시선에, 너무 긴장을 해서인지 목소리가 다소 쉬어버렸다.

"흥… 아즈마라. 그립네. 졸업식 이후 처음이지?"

미다미다가 히죽 웃었다.

역시 니시카와 씨와 닮았다, 라고 생각했다.

아아… 아니다. 이 경우는 반대다.

니시카와 씨가 미나미다를 닮은 것이다.

미나미다가 한층 더 얼굴을 가까이로 가져왔다.

"너, 저 여자를 대신해."

미나미다의 손을 뿌리쳤다.

"기분 나쁜 게 아녔어?"

"아니? 너, 의외로 예쁘게 바뀌었네."

내 마음이 흔들리고 있다.

설마 이렇게 갑자기 이 녀석을 만나다니.

노려보는 내 시선을 끊지 않고, 미나미다가 비웃듯 말을

이어갔다.

"어때? 아니면 이제 내가 싫어진 건가?"

대답도 못한 채 고개를 숙였다.

그렇게나 사랑했던 그의 눈동자가, 한 번은 나를 깔봤었던 그 눈동자가, 지금 눈앞에 있다.

얼굴을 덮은 머리가 별안간에 헤쳐졌다.

"…웃?!"

힘껏 턱이 들린다.

눈 깜짝할 사이에 미나미다의 입술이 나의 입술을 틀어막았다.

갑작스런 감촉에 현기증이 난다.

축축한 입술이 각도를 바꿔가며 강제로 이어져 온다.

"으읏… 웃……!!"

밀어내려는 손목은 간단히 짓눌려지고, 손의 온도가 차가워진 피부에 스며온다.

잠입한 혀가, 입술의 틈을 핥으며 부드럽게 헤엄친다.

쮸욱, 쭉, 하고 가볍게 빨아올려지고, 흔들리는 혀는 살짝 깨물린다.

위험하다. 이 녀석의 키스, 엄청나다……

"하읏… 하… 웃……."

입술을 물어뜯는다. 오싹오싹한 감각에 헐떡이는 나를 미나미다가 겨우 해방시켜 주었다.

하앗, 하앗, 하고 숨이 흐트러진다.

흐리멍덩하게 젖어든 시야 안에서, 미나미다의 얼굴이 히죽 웃고 있었다.

"귀엽네. 너."

몸속의 불길이 화악하고 타오르는 것을 느꼈다.

그건 내 안에서 자고 있던, 어쩔 수도 없는 욕망.

"굉장하네. 귀여워."

아아…….

달콤하고 상냥한 속삭임이 귓가에 떨어졌다.

알고 있다.

미나미다의 말은 지금뿐인 거짓이다.

이 녀석은 그저 지금 나를 가지고 놀고 싶을 뿐이다.

하지만 무리다. 나는 왜 이렇게 형편없을까.

자신의 몸을 멈출 수가 없다.

정신을 차리고 보니, 나는 싸구려 러브호텔의 침대 앞에서 미나미다에게 안겨 있었다.

머리를 풀고, 목덜미는 미나미다의 코끝이 덧그리듯 훑고 있었다.

"옷을 입고 해. 벗으면 남자 같아서 싫으니까."

찌익 하고 소리를 내며 지퍼가 내려간다.

"샤워 정도는 하게 해줘."

"싫어. 빨리 하고 싶어, 나. 빨리 자고 싶어."

"…제멋대로인 녀석이군."

코웃음을 치듯이 말하고, 꽉 손을 잡는다.

"…아팟."

"뭐야, 너. 굉장히 가늘군."

"나쁜 거야?"

"아니?"

살짝 어깨가 노출되었다.

"우락부락한 마초 같은 녀석은 안고 싶은 마음이 생기지 않으니까 다행이지."

다음 순간, 내팽개쳐지듯 침대로 밀려 쓰러졌다.

단숨에 머리가 가라앉는다. 어질어질거린다.

전기도 켠 채다. 합성 섬유의 가발이 얼굴에 달라붙는다.

"이렇게 하니까 정말 여자 같네. 너."

올라탄 미나미다가 내 머리카락을 손끝으로 빗었다.

그리고, 다시 한 번 더 깊게 키스한다.

좀 전은 눈치채지 못했지만, 술냄새가 진하게 흘러 들어온다.

미끈거리는 미나미다의 혀가 내 입안을 천천히 맛보듯이 범했다.

"너, 담배 피웠냐."

"그래서 뭐?"

"의외네. 엄청 성실했던 녀석이."

멍하게 미나미다의 얼굴을 올려다봤다.

고등학교 시절에는 이 순간을 꿈에서까지 바랐었는데 정작 이런 상황이 되니 전혀 실감이 나지 않는다.

니시카와 씨가 늦는 나를 걱정하고 있을까, 문득 그런 생각이 머릿속을 스쳤다.

"세워줄까?"

내가 그렇게 말을 하자, 미나미다가 고개를 갸웃거리며 재촉해 왔다.

천천히 그의 다리로 몸을 웅크린다.

벨트를 풀고, 지퍼를 이로 끌어내린다.

아직 부드러운 그것을 속옷에서 유도하듯 꺼냈다.

"하핫, 이런 것, 익숙한 거야?"

그렇다.

익숙한 동작을 하는 사이에 조금씩 내 머리는 맑아졌다.

슬쩍 그에게 시선을 보내고 나서, 보란 듯이 그것을 입에 물었다.

"으읏……."

혀로 기어오르듯 핥자, 미나미다가 숨을 삼킨다. 그렇게 취한 건 아닌지 바로 반응이 시작된다.

"뭘 참고 있는 거야……?"

앞을 마시듯 핥으며 말하자, 미나미다가 열을 머금은 눈으로 이쪽을 노려본다.

"시끄러… 웃!!"

쭈욱쭈욱 하는 소리를 내며, 그의 말을 가로막았다.

"웃… 무… 으읏……."

혀를 조금 사용했을 뿐인데, 바로 쓴 액체가 흘러나오기 시작했다.

미나미다의 손이 내 가발을 만진다.

"웃……."

미나미다의 그것은 입안에서 움찔움찔 튀어 오르고 있다. 갈라진 끝 부분에 쭉 하고 키스하자, 미나미다가 일순 숨을 멈췄다.

"이제… 됐어……."

무시하고 귀여워해 준다.

귀두의 부푼 곳부터 막대기까지 할짝 핥았다. 야해 보이도록.

"어이… 웃… 이제… 아웃!!"

쭉쭉 막대기를 강하게 훑듯이 당겼다.

그가 교성 같은 소리를 내는 것과 거의 동시에, 내 입안으로 물컹한 액체가 내뿜어졌다.

"하아……."

안심한 듯한 미나미다의 호흡.

나는 그의 물건에서 입을 떼고, 티슈에 정액을 토해냈다.

한 번 뺐는데도 미나미다의 물건은 여전히 뜨겁게 서 있었다.

나는 말없이 미나미다에게 콘돔을 씌운 뒤 위로 올라타고는, 그의 물건을 깊이 물기 시작했다.

"웃, 아웃……!"

주욱, 하고 콘돔에 묻어 있던 젤에서 소리가 났다.

미나미의 물건은 제법 커서, 앞부분만으로도 압박감이 있었다.

"아아……."

고통을 닮은 쾌감에 나도 모르게 허덕였다.

문득 그가 내 머리를 팔로 안으려고 하듯 귓가에 입을 가져다댔다.

"아즈마."

미나미다의 목소리가 나를 불렀다.

그 순간, 화악하고 온몸에서 피가 빠져나갔다.

그렇다. 이 녀석에게 안기려고 하는 것은 나다.

캐서린이 아니다.

미나미다가 알고 있는 것은, 캐서린이 아니라 고등학교 시절의 나다.

그렇게 생각한 순간, 나는 미나미다의 물건을 빼냈다.

"젠장, 뭐하는 거야?!"

뒤에서 화가 난 목소리가 들려오는 것을 뿌리치고, 행거에 걸려 있던 코트를 낚아채고는, 신발을 아무렇게나 발에 끼워넣고 방을 뛰쳐나왔다.

꽤나 해가 높게 떠 있었다.

거리에도 사람이 많아져서 뚫어져라 나를 보고 있지만, 그런 것은 상관이 없다.

나는 서둘러 전철에 올라, 숨을 정리했다.

시간대가 시간대인 만큼, 전철 안은 다소 혼잡했다.

세상은 휴일이어서인지 다들 가족과 함께이거나, 러브러브한 장면을 연출하고 있었다.

퍼와 드레스 차림의 여자 따윈 단 한 명도 없다. 물론 여장을 한 남자 같은 것도 없다.

게다가 숨이 거칠어져 눈에 띄는 데다, 장신 때문에 사람들이 움찔움찔거리며 나를 쳐다보고 있다.

평소 비어 있는 전철밖에 타지 않았기 때문에, 자신이 얼마나 눈에 띄는지는 알지 못했다.

그들이 흘끔흘끔거리는 것은 캐서린일까? 그게 아니라면?

불안해진다. 몸이 떨려왔다.

이런 적은 처음이었다.

필사적으로 얼굴을 숙이고, 몸을 구부렸다.

한 정거장, 한 정거장만 참으면……

그렇게 생각하며 눈을 감고, 뭔가 현실에서 도피할 수 있는 것을 찾았다.

문득 감자샐러드가 생각났다. 니시카와 씨가 직접 만든 감자샐러드. 그 소박한 맛의.

왠지 몹시 배가 고픈 느낌이 들었다. 이런 때에도 인간은 배가 고픈 것이다.

먹고 싶다. 니시카와 씨.

전철이 플랫폼으로 미끄러져 들어가는 동시에, 나는 전철을 뛰어나와 개찰구로 향했다.

자동개찰구를 빠져나와 쏜살같이 집으로 돌아갔다.

이 시간에 니시카와 씨는 아마도 이미 없을 것이다.

덜덜 떨리는 몸을 어떻게든 끌고, 엘리베이터를 탔다.

핑 하고 소리가 나고, 엘리베이터가 멈췄다. 안심이 되어 숨을 돌리고 열리는 문으로 눈을 돌리자, 문 건너편에는 니시카와 씨가 있었다.

나와 눈이 마주친 니시카와 씨는, 씨익 태평한 얼굴로 웃고는 손을 들었다.

"안녕, 아즈마!! 오늘은 늦었네. 아, 방에 아즈마 몫의 아침 식사도 준비해 뒀으니까, 한숨 자고 눈을 뜨면 먹어. 괜찮다면… 이지만 말야."

부끄러워하듯이 말하는 니시카와 씨를 보자, 나는 왠지 울음이 나올 것 같았다.

하지만 물론 울지는 않았다.

"…흠, 그래. 고마워."

6화
처음으로 둘이서

언제나처럼 새벽 다섯 시에 눈이 떠졌다. 개운하게 침대에서 나와 가볍게 기지개를 폈다.

아즈마에게서의 메일은 오지 않았다.

오늘은 그런 일은 하지 않는 모양이다.

그렇다면 할 일은 하나다. 아즈마의 아침식사도 만들자.

"감자샐러드, 전부 먹어주었었지."

씻어둔 반찬통을 보자 나는 왠지 기뻐졌다.

자신이 아즈마의 생활의 일부분이 된 것 같아서.

"후후후후……."

누군가와 지내는 것도 처음이고, 내가 만든 요리를 누군가가 먹어주는 것도 처음이었다.

어제 식재료를 사다 넣은 냉장고는 원래는 맥주용이라 조금은 좁다. 뭐, 냉장고가 있는 게 다행이지만.

"오늘은 일식이 좋을까나."

모처럼의 휴일에 일찍 일어나 버렸으니, 아침밥을 호사스럽게 만드는 정도는 용서해 주길 바라며.

사용된 흔적이 없는 생선 굽는 조리기구도 어제 막 청소를 끝냈다.

물을 담고, 연어 토막을 올렸다. 자반연어다. 여섯 시로 타이머를 세팅해 놓은 밥솥은 이미 좋은 냄새를 풍기고 있다.

된장국은 버섯과 두부로 하자.

콧노래를 부르며 준비한다.

슬슬 아즈마가 피곤한 얼굴로 귀가를 할 시간이다.

아즈마는 자기 전에는 먹지 않는 타입인 것 같지만, 된장국 정도라면 먹어줄지도 모른다.

기분 좋게 끓는 국에 건더기를 투입하고, 그게 익을 즈음에 된장을 풀어 넣는다.

마침 생선 조리기의 뒤집는 신호 버저가 울려서, 알맞게 익은 토막을 뒤집었다. 쭈욱 하고 기름이 배어나와, 보기만 해도 먹음직스럽다.

갓 지은 밥을 재빨리 퍼서, 우선 일인분을 밥그릇에 담는다. 연어도 접시에 올리고, 만들어둔 반찬들도 줄 세워 놓자 아침밥이 완성됐다.

한동안 기다려 봤지만, 벨은 울리지 않았다.

그러고 보니, 아즈마와 함께 식사를 한 적은 없었던 것 같다.

서로 생활 시간대가 어긋나 있으니 당연한 것이겠지만.

모처럼 함께 살고 있으니, 아즈마와 함께 밥을 먹거나 하고 싶은데…….

결국 혼자서 끝나 버린 아침식사의 뒷정리를 하고, 아즈마 몫의 연어는 랩으로 감아 덮었다.

이상하다.

아즈마의 귀가가 늦다.

아침 여덟 시가 되어도 돌아오지 않다니 전대미문의 일이다.

아니, 나와 살기 시작하고 나서부터의 일이지만! 그렇지만!

"뭔가 걱정되는데……."

세탁기를 돌리면서도 안절부절못했다. 아즈마는 가게에서 입는 옷들은 전부 세탁소로 보내고 있기 때문에, 세탁기에 들어가는 것은 내 옷과 아즈마의 속옷 정도다.

…가끔 굉장히 섹시한 것들이 섞여 있어서 깜짝 놀라곤

한다.

빨래를 다 널어도 아즈마는 돌아오지 않았다.

어딘가에서 칼에 찔린 것은 아닌가, 그런 뒤숭숭한 생각이 스쳐 지나가서 당황하며 그것들을 지웠다.

"아냐. 하지만 조금 산책이라도 할 겸……."

그런 생각으로 집을 나왔다.

조급한 기분으로 엘리베이터의, 하나밖에 없는 버튼을 눌렀다. 이윽고, 띵 하는 전자렌지 같은 전자음이 나고 문이 열렸다.

안에는 아즈마가 있었다.

언제나처럼 아름다운 캐서린이 아니라, 물기를 흠뻑 머문 채 뚝뚝 울 것만 같은 아즈마였다.

나는 당황했다.

어떻게 해야 좋을지도 모른 채, 위로의 말도 생각이 나질 않아 빙긋 거짓웃음을 지었다.

"안녕, 아즈마!! 오늘은 늦었네. 아, 방에 아즈마 몫의 아침 식사도 준비해 뒀으니까, 한숨 자고 눈을 뜨면 먹어. 괜찮다면… 이지만 말야."

아무래도 상관없는 말을 지껄여 버렸다. 아즈마는 울 것 같지만 아무런 말도 하지 않는다. 그래서 나도, 그것을 신경 쓰지 않는 척을 계속했다.

"…흠, 그래. 고마워."

작은 목소리가 떨리며 미끄러지듯 내 옆을 빠져나간다. 옅어진 향수에 코가 반응한다.

엉망이 된 금발머리가 아침바람에 흔들린다.

나는 엘리베이터에 그대로 타고는, 문이 닫히자마자 머리를 감싸고 주저앉았다.

실패했다……!!

아즈마를 짜증나게 하고 싶지 않아서 쉽게 지나쳤는데, 역시 죽을 만큼 신경이 쓰인다……!!

그냥 지나친다 해도, 이제 뭔가 조금은 재치 있는 말을 할 수 있다면 좋으련만…….

일 층에 도착한 나는 몸을 질질 끌며 밖으로 나갔다.

예정이 없는, 맑은 휴일. 피크닉하기에 둘도 없이 딱 좋은 날이지만, 내 마음은 즐거울 리가 전혀 없다.

이대로 다시 돌아가는 것도 괴로워서, 어쩔 수 없이 이 근처를 어슬렁거리기로 했다.

아즈마가 외출할 때 돌아가자.

그때, 문득 시선을 느꼈다.

그쪽으로 눈을 돌리자, 이 근처의 주택가에서는 본 적이 없는 한 남자가 백주대낮부터 수상한 분위기로 담배를 피우고 있었다.

베드룸 인베이더
동거규칙 위반

"어, 뭐야?"

그쪽이 먼저 나를 보고 있었던 주제에, 내 시선을 눈치챘는지 남자는 이쪽으로 욕지거리를 해왔다.

"아, 아뇨, 아무것도……."

어째서 이런 대답밖에 나오지가 않는 거냐?! 나는!!

"……쳇."

혀를 차고, 짜증난다는 듯이 담배를 피우기 시작하는 남자.

휴일 아침부터 뭘까?

가능한 한 멀리 둘러서 남자의 곁을 떠났다.

꽈악, 하고 뭔가를 밟는 소리가 나, 나도 모르게 뒤를 돌아보았다.

남자는 담뱃불을 끄고 아파트 안으로 들어가고 있었다.

아아, 이웃인가? 하지만 저렇게 무서운 사람이 있었던가? 꽤나 고급맨션이라, 고상한 사람밖에는 만난 적이 없는데.

…아, 혹시.

'혹시, 아즈마의 손님인 건가?

그런 번쩍이는 듯한(하지만 정말 싫은 방향으로의 번뜩임이다) 생각에, 가슴이 아파왔다.

하지만, 아즈마가 어떤 상대와 일을 하든 그건 나와는 관계가 없는 일이다.

그렇다. 아즈마가 무슨 일을 한대도 그건 나와는 관계가 없는 일이다…….

아아… 왠지 머릿속을 하얗게 비우는 일을 하고 싶다.

쇼핑, 술, 아니면 요리……. 그런 것을 하고 싶지만, 나에게는 부엌이 없는 데다, 조리도구는 전부 아즈마의 집에 있다.

아즈마. 그 남자와 그렇고 그런 일을 하는 걸까나. 왠지 싫다. 저런 녀석하고라니.

거기까지 생각이 미치자, 머리를 흔들었다.

그런 건 내가 참견할 일이 아니다.

＊　　　　＊　　　　＊

"아아, 어서 와."

저녁 식재료를 사서 돌아간 것은 오후 다섯 시 반. 최악의 경우, 유혈 사태 같은 것까지 망상하고 아즈마의 집으로 돌아간 나를 기다리고 있었던 것은, 그릇을 씻고 있는 아즈마였다.

의외였다. 설거지 같은 것을 하다니.

…아니, 그게 아니고!!

"아즈마. 오늘 일은?"

"원래 휴일이야."

남자의 모습을 하고 있는 아즈마를 똑바로 보는 것은 처음이었다.

"니시카와 씨, 오늘 저녁밥은?"

"지금 막 먹은 거 아냐?"

"아, 이거? 일어났을 때 먹은 거야. 니시카와 씨가 돌아오지 않아서, 어쩔 수 없이 씻은 거야. 빨래도 걷었어."

어깨를 두들기며 거실로 향하는 아즈마를 뒤따르듯, 나도 거실로 들어갔다.

"아, 고마워……."

왠지 너무나도 일상적인 아즈마를 본 탓인지, 좀 전까지 진지하게 생각했던 '그 남자는 누구인가'라든가 '관계는?' 이라든가, '지독한 일을 당하진 않았나?'라는 내용을 천배 정도 희석시킨 대사는 완전히 잊어버리고 말았다.

"그런데, 오늘 저녁 뭐야?"

"아, 그게, 일반적인 생강구이."

"에~ 그런 건 오랜만에 먹겠네."

"입, 입에 맞을지는 모르겠지만."

"왜? 니시카와 씨의 요리, 나 좋아한다고. 오늘 된장국도 맛있었는데."

아즈마가 빙긋 웃었다.

평소는 뭐라고 할까… 좀 요염한 웃음을 띠고, 잡을 수 없다고 할까, 허무한 듯한 그런 분위기였는데.

아즈마도 빙긋 웃으니 보통의 남자다.

그리고 문제는, 그것을 왠지 귀엽다고 생각해 버리는 나 자신이다.

'…아냐, 너무 의식한 거야! 진정해!'

아즈마는 요리를 하고 있는 내가 신기한지, 부엌 근처를 이리저리 헤매기 시작했다.

생강구이는 비교적 빨리 만들 수 있는 요리기 때문에, 재빠르게 끝냈다.

오늘은 상태가 좋은 양파도 있으니, 양파도 넉넉히.

"에? 생강구이라는 거, 그렇게 하는 거야?"

"요리 같은 거 안 해?"

"아아… 제법 그쪽에 속해 있긴 하지만, 전혀."

그래서 그렇게 마른 거였구나 하고 흘끗 훔쳐보며 생각했다.

곁들이는 채소로는 양배추를 잘게 썬 것을 준비했다. 밥, 그리고 마침 만들어 놓은 야채수프로 오늘의 저녁밥은 완성이다.

"맛있겠다……. 잘 먹겠습니다."

탁 하고 손을 마주대고(의외다, 이런 행동) 아즈마는 먹기 시작했다.

아즈마는 지금까지 보지 못한 사랑스러운 모습을 하고 있다.

잠옷으로 입고 있는 티셔츠와 트레이닝복이 아니라 청바지 차림이다.

"아아… 저, 많이 있으니까."

"응."

식사를 할 때 무슨 말을 해야 좋을지 모르겠다.

다만 아즈마가 밥을 먹는 모습이 섹시하다든가 그런 멍청한 생각만을 해버렸다.

좁은 티테이블에 마주 앉아 식사를 하는 것도 왠지 이상한 기분이다.

"잘 먹었습니다."

"응. 차린 건 없지만."

무심코 반사적으로 대답을 하자, 아즈마가 뿜듯이 웃음을 터뜨렸다.

"아하핫! 차린 건 없지만이라니!! 니시카와 씨, 엄마 같아."

"그, 그런가?"

확실히 살림꾼 티가 나고 있었는지도 모른다.

"그릇은 내가 씻을게."

"괜찮아. 내가 할게."

"됐어. 니시카와 씨, 샤워라도 먼저 해."

"아니, 설거지를 할 때 샤워를 하면, 둘 중 한쪽은 뜨거운 물이 나오지 않아."

"아, 그런가. 그럼 뭔가 적당히 하면서 편안히 쉬고 있어."

편하게 있으라는 말을 듣고, 다시 한 번 살펴봐도 정말 아무것도 없다. 음악을 들을 수 있는 것도, 텔레비전도 없다.

아즈마의 노트북이 있긴 하지만 마음대로 엿볼 수는 없다.

하는 수 없이 내 컴퓨터를 열고 적당히 인터넷 서핑을 시작했다.

쓸데없는 웹서핑을 하면서 흘끔흘끔 부엌 쪽을 살폈다. 설거지를 하는 소리가 나고 있지만, 묘하게 진정이 되지 않는다.

아니, 진정되지 않는 것은 이 앞에서 기다리고 있는 일 때문일 것이다.

어떻게 자지? 우리들…….

침대는 넓으니 아마 문제는 없겠지만. ……아니, 문제 없다는 또 무슨 말이냐.

같이 자는 걸까, 아즈마도.

그건 뭔가…….

아냐, 아냐. 너무 생각이 지나친 거다. 그래. 아무것도 아니다. 아무것도 아냐, 이런 건!!

"니시카와 씨, 설거지 끝났어. 어라? 왜 그렇게 곤란한 얼굴을 하고 있어?"

"아, 아무것도 아냐. 그럼 샤워하러 갈까."

쭈뼛쭈뼛거리며 욕실로 서둘렀다.

'어째서 이렇게 두근두근거리는 거야?! 상대는 남자야! 게다가 나도 남자다! 한 번 정도 실수가! 있었다고는 하지만!!'

거울을 보니, 얼굴이 완전 새빨갛게 달아오른 내 얼굴이 있었다.

게다가 스스로 자각을 해서인지, 더욱더 빨개져서는 토마토 같아 보이기까지 한다.

그다지 뜨거운 물도 뒤집어쓰지 않았는데 머리로 피가 몰린다.

조금 물의 온도를 낮추고, 가능한 한 천천히 몸을 씻었다.

그래도 전부 끝나는데 불과 십 분도 걸리지 않았다.

잠옷으로 갈아입고 거실로 돌아가자, 아즈마가 컴퓨터를 보면서 혼자서 맥주를 마시고 있었다.

나도 거기에 동참하기로 했다.

특별히 대화를 하는 것도 아니다.

아즈마가 여흥으로 노래를 틀어주어서, 조금은 안심이 되었다.

"잘까?"

슬슬 잠이 온 나도 아즈마의 그 말에 따라 침대로 들어갔다.

이 침대는 넓지만, 성인 남자 두 명이 자기에는 다소 좁다. 아니, 뭐랄까……

'아즈마, 가깝다……'

"잘 자."

작은 목소리로 아즈마가 속삭인다.

"잘 자."

나는 당황하며 그렇게 대답했다.

자려고 눈을 감자, 아즈마가 쿡쿡 웃는 소리를 내서 살짝 눈을 떴다.

"왜?"

"섹스하지 않고 남자와 자는 건 처음이야."

아즈마의 가는 손가락이 내 볼에 닿았다.

그래, 아즈마의 손가락이……

아아… 어떻게 하지… 서버렸다.

7화
행복이 흔들리는 법

행복이란 뭘까.

자신의 본성을 깨닫고 그것을 봉인한 채 살다가, 상경 후 그 봉인이 풀리고.

그동안은 쭉 그런 것은 생각하지 않고 있었다.

하지만 최근엔 다시 생각하게 되었다.

나, 조금은 행복한 건지도 모른다.

그 후로 미다미다가 모습을 보인 적은 없었다.

니시카와 씨와의 공동생활은 한 달이 지나도 순조로워서, 이젠 니시카와 씨가 없으면 부자연스럽게 느끼기까지 한다.

그렇다고는 해도 여전히 생활 시간대가 어긋나 있어서, 그렇게 자주 마주치지는 않는다.

그러나 냉장고를 열면 언제나 맛있어 보이는 요리가 들어가 있다.

자신 이외의 누군가가 집에 있다니, 의외로 나쁜 일은 아닌 것 같았다.

언제나처럼 한낮에 눈을 뜨자,

"오늘은 녹미채조림과 포트다이인가……."

라인업은 조금 엄마틱하지만, 니시카와 씨는 요리를 곧잘 한다.

"잘 먹겠습니다."

제대로 그릇에 덜고 손을 마주친다. 이것도 니시카와 씨의 흉내다.

고향집을 나오고 나서부터는 이런 것은 한동안 하지 않았었다.

니시카와 씨의 요리는 염분이 적지만, 몸에 스며드는 맛이 있다.

매일 섭취하는 칼로리는 확실히 늘어나고 있을 텐데, 건강한 식단 탓인지 체중은 그렇게 늘지 않았다.

오히려 제대로 먹고 있어서인지, 몸 상태도 굉장히 좋아져서 화장도 잘 먹는다.

이렇게 제대로 된 생활을 하고 있자, 스스로가 정직한 인간이 되어가고 있는 듯한 기분까지도 든다.

그렇다는 건 상경하고부터의 생활이 얼마나 엉망이었는가를 반대로 증명해 주고 있는 것이나 다름없지만.

"잘 먹었습니다."

소화도 시킬 겸 니시카와 씨가 아침에 널어놓은 세탁물을 걷고, 폭신폭신한 수건에 얼굴을 묻었다.

갓 빤 빨래에서 나는 좋은 향기에 감싸이며 생각했다.

나 지금, 조금은 행복한 건지도 모른다.

나에게 있어서 니시카와 씨는 뭘까?

동거인으로서는 가까운 사이인 것 같다.

매일 밥을 만들어주기도 하고.

하지만, 친구라고 말하기에는 조금 멀까나. 일 이야기, 고민 상담, 그런 건 한 적이 없다.

그렇다고 연인도 아니고, 물론 손님도 아니다.

누군가에게 이런 감정을 갖는 것도 처음 있는 일이다.

잘은 모르겠지만, 좋은 느낌인 것만은 확실하다.

적어도 나는 그렇다.

샤워를 한다. 요전번에 니시카와 씨가 사온 향기 좋은 비누로 몸을 씻고, 부드러운 수건으로 몸을 닦았다.

드레스로 갈아입고, 화장을 하고, 가발을 쓰고, 오늘도 완벽하다.

그리고 립스틱. 슬슬 새로운 색을 사야겠다. 최근엔 인터넷쇼핑이 있어서 편리하다.

"캐서린, 안녕."

가장 먼저 출근한 나에게, 마돈나 마마가 기분 좋게 말을 걸어왔다.

"좋은 아침. 마마."

마마라면 니시카와 씨 이야기를 해도 괜찮을지도 모른다.

함께 살고 있는 사람이 있다고 말하면, 나를 걱정해 주고 있는 마마도 조금은 안심일 것이다.

"캐서린. 최근 반짝반짝 빛이 나. 뭐, 연애라도 하고 있어?"

아, 역시 마마다. 보는 눈이 있다.

"후후후. 특별히 연애는 아니지만."

"어머?! 잠깐, 무슨 일이야?"

남자? 남자인가? 라며 즐거운 듯이 마마가 눈을 빛냈다.

나는 거드름을 피우며 뒤로 들어갔다.

남자? 그러고 보니, 최근 집에서 손님과 자는 일은 하지 않았다. 꼭 해야 할 때에는 호텔에서 해야지… 라고까지 생각하게 되었다.

니시카와 씨에게 폐 같은 건 끼치고 싶지 않고.

뭐, 최근엔 그런 손님도 없으니 럭키다.

"자, 슬슬 개점이야. 모두들, 오늘도 단단히 시작하자고!!"

팡 하고, 마돈나 마마가 손을 두드렸다. 가게에 배경음이 흘러나오기 시작하고, 손님들이 줄줄이 들어왔다.

가게 안은 금방 왁자지껄해졌고, 나도 테이블로 가서 언제 나처럼 일을 시작했다.

기분 좋은 듯이 술에 취한 손님.

고민 상담을 가지고 오는 손님도 있다.

평소와 다름이 없다.

"캐서린. 지명이야."

마마의 이 목소리가 들리기 전까지는 그랬다.

"아, 네."

나는 함께 있던 손님에게 가볍게 인사를 하고 일어섰다.

지명 테이블을 향하는 순간, 마마가 슬쩍 내 귓가에 대고 말했다.

"왠지 품위 없는 손님이야. 좀 조심해."

응. 뭐, 다소 품위가 없는 손님에겐 익숙해져 있다. 나 스스로도 품위가 없는 타입이기도 하니, 특별히 저항은 느끼지 않는다.

하지만.

소파 앞에서, 나는 순간 얼어붙었다.

그곳에 있는 것은 미나미다였다.

"…여어."

"왜 네가 여기……."

"네가 아니지. 나는 손님이야. 자, 옆에 앉아서 술을 따라."

나는 당장에라도 도망치고 싶은 마음을 누르며, 미나미다의 옆자리에 앉았다.

그래. 이건 일이다. 일.

"실례하겠습니다."

조금 거리를 두고 대각선으로 마주했다.

"마실 것은……."

"적당한 위스키로. 물을 타서."

"…알겠습니다."

마마에게 흘끗 시선을 보내 도움을 요청했지만, 공교롭게도 마마는 다른 방향을 보고 있었다.

보이를 불러 위스키병을 받았다.

기왕이면 비싼 것이라고 귀띔을 하자, 보이가 가져온 것은 이 가게에서 가장 비싼 위스키였다.

꼴좋다, 라고 마음속으로 욕을 퍼붓는 것이 고작인 허세였다.

"드세요."

"…그러지."

미나미다는 한 모금 마신 뒤, 바로 잔을 놓고 그 손을 나에게로 뻗어왔다.

"…웃."

잔을 들어 차가워진 손이 허벅지에 놓였다.

남자의 딱딱한 허벅지 같은 걸 만진다고 해서 어떻게 할 수도 없을 텐데.

"그만둬… 가게 안이야."

"네가 조용히 하면 들키지 않잖아?"

꽈악 몸을 붙여 귓가에 대고 속삭인다.

"만나고 싶었다. 아즈마."

머릿속을 핥는 듯한 한숨에 전신이 오싹거렸다.

"이봐, 내가 어떻게 여기를 알아냈다고 생각해? 키가 큰 여장의 금발이라고 하니, 모두들 바로 가르쳐 주던데? 꽤 인기가 있네, 너."

그렇게 말하고, 허벅지를 쓰다듬던 손이 슬립 안으로 기어 들어왔다.

당황해서 다리를 꽉 오므리고 몸을 조금 움직이자, 미나미다가 내 어깨를 꽉 끌어안고는 잡아버린다.

피부와 가터스타킹의 경계선을 따라 손가락이 움직이고 있다.

"웃……!"

이렇게 무방비한 옷을 입어버린 것을 후회하게 하는 듯한,

야비하고 외설적인 손놀림이다.

피부의 경계에 열을 떨어뜨리며 몇 번이나 왕복하는 남자의 손.

"들은 바로는 너, 정말 몸도 팔고 있다머?"

"그, 그건… 아웃!!"

급작스럽게 귓불을 핥아져, 그만 움찔하고 허리를 튕기고 말았다.

귓가에서 비웃는 느낌이 들었다.

싫다. 싫은데…….

미나미다의 손은 이미 드레스의 얇은 천을 걷어 올리고는, 점점 깊숙이 다가왔다.

닫힌 허벅지로 들어와서는 물건이 있는 움푹한 부분을 스윽스윽 자극한다. 뱀같이 억지로 파고드는 손끝이 당장에라도 속옷에 닿을 것만 같았다.

"아, 아, 아웃……!"

"너, 캐서린이라고 불린다지. 아즈마, 이런 커다란 몸을 하곤 캐서린이라니."

흥분한 미나미다의 숨이 귓가에 걸린다.

…뜨겁다.

"너도 흥분하기 시작했잖아. 자, 나에게 안겨."

"미나미다, 너……!"

"지난번에 못한 걸 처음부터 다시 하자. 나 아직 시원하게 내보내지 않았으니까."

이런 지독한 말을 듣고 있는데도 내 몸은 흥분하기 시작했다.

하지만 그런 한심한 몸이 된 것도 내 자신이고, 그렇게 되도록 한 것도 내 자신이다.

자신의 한심함에 이제 진저리가 났다.

그래도 이성을 잡고 까불지 마, 라고 미나미다를 뿌리치려는 순간.

미나미다의 손끝이 내 물건을 쓰다듬었다.

속옷 사이로 물건의 형태를 확인하듯이, 쓰윽 하며 쓰다듬는다.

"…읏!!"

정신을 차리자 나는 이미 칠칠치 못한 무릎을 풀고는, 미나미의 어깨에 매달려 있었다.

…젠장.

인간은 그렇게 간단히 바뀔 수 있는 게 아닌 것 같다.

가게가 한창일 때지만, 나는 미나미다와 아침까지 보낼 장소 근처의 체인 술집으로 들어가, 진한 맛의 전혀 맛 없는 요리를 먹고 호텔로 향했다.

'전에는 저런 요리라도 맛있다고 생각했었는데.'

호텔로 향하는 몇 분간의 길에서, 나는 현실도피를 하려고 좀 전에 먹었던 술집의 요리를 생각했다.

니시카와 씨의 요리가 훨씬 맛있어서, 입맛이 높아져 버린 것이다.

…그래, 니시카와 씨.

나는 그 자리에서 걸음을 멈췄다.

미나미다가 그것을 눈치챘는지, 돌아서서는 내 손을 난폭하게 쥐어 잡았다.

"뭐야, 여기까지 와서 그만두겠다든가 없는 일로 하자는 거야? 짜증나게. 너 나를 좋아하잖아?"

꽉 하고 미나미다의 손에 힘이 들어갔다.

"아파… 놔."

잡힌 손을 어떻게든 떨쳐 버리려고 했지만, 미나미다의 손은 힘이 강해서 잘 되지 않았다.

"잠, 잠깐, 정말 놔줘."

"뭐? 무슨 말을 하는 거야? 너? 내가 안아준다고 하는데, 뭐가 불만이야?"

흥분한 미나미다의 목소리가 점점 거칠게 커져 가고 있다.

하지만 남자끼리의 치정 갈등 같은 걸 신경 쓰는 녀석은 여기에는 없다.

한밤중의 뒷골목이란 그런 법이다.

"불만이라기보단, 내가 너를 좋아했던 것은 이미 과거의 이야기야."

"귀찮게 하지 마. 자, 따라와."

"싫어!!"

힘차게 팔을 휘둘렀다.

미나미다의 손이 빠져나갔다.

'됐다. 도망치……'

짜악! 하고 메마른 소리가 울려 퍼졌다.

볼이 저릿저릿 뜨겁다.

뺨을 얻어맞았다.

"도무지 알 수가 없군, 너."

미나미다 쪽을 볼 수가 없다.

조금이라도 움직이면, 울음이 터질 것만 같았다.

"얌전하게 말을 들었으면 좋았잖아."

또다시 손을 움켜잡히려고 할 때.

"저기, 잠깐 기다려 주시죠."

돌연 그런 대사가 들리더니, 미나미다의 손이 불쑥하고 옆에서 뻗어져 나온 손에 붙잡혔다.

"니시카와 씨……??"

"이봐, 형씨. 아가씨가 싫어하고 있잖습니까? 응? 오늘은 이만 돌아가 주지 않을래요?"

니시카와 씨는 언제나처럼 방긋 웃는 얼굴로 미나미다에게 말했다.

미나미다는 멍하게 있다가, 곧 마음을 고쳐먹었는지 니시카와 씨를 향해 고함을 치기 시작했다.

"뭐? 이 녀석이 '아가씨'처럼 보이는 거냐? 너와는 관계없잖아?!"

니시카와 씨는 전혀 움직이지 않는다.

"하하. 글쎄요. 외부인이 죄송합니다만, 저도 캐서린 씨에게는 신세를 지고 있기 때문에 그냥 내버려 둘 수는 없는데요. 왠지 익숙한 목소리가 들려서 경찰서에 들렀다가 여기로 왔습니다. 아마도 곧 순경이 올 텐데, 어떻게 할까요?"

술술 말하는 니시카와 씨에게는 평소와 같은 수줍은 느낌이 전혀 없었다.

보통의 익숙한 느낌과는 다른, 왠지 위화감이 있었다.

"…쳇, 귀찮게."

주고받는 게 진저리가 났는지, 미나미다는 그렇게 내뱉고는 뒤도 돌아보지 않고 떠났다.

그것을 지켜본 뒤, 니시카와 씨와 나는 만일을 위해서 카페에서 시간을 보낸 후 먼 길을 돌아 집으로 향하기로 했다.

한산한 대로에서 간신히 택시를 잡아 올라탔다.

"니시카와 씨, 왜 그런 곳에 있었던 거야?"

"응, 우연이야……."

니시카와 씨는 하아 하고 하품을 하고는, 졸린 듯한 목소리로 말했다.

"거짓말. 그런 곳, 용건이 없는 한 안 가는 곳이라고. 뭐, 도움을 받긴 했지만."

"그것보다 아즈마… 가 아니라 캐서린, 그 남자는 누구……?"

"아, 그 녀석… 미나미다라는 녀석인데… 내 고등학교 동창."

니시카와 씨는 으음… 이라고 중얼거린 뒤 창문 유리창에 몸을 기댔다.

졸린 듯한 옆얼굴을 봤다.

무슨 생각인지는 모르겠지만, 아마 나를 신경 써서 그런 장소에 있었던 것 같다.

…니시카와 씨에게 미나미다와의 일을 말할 생각은 없다.

하지만 이렇게 된 이상, 감추는 건 왠지 불공평하다는 생각이 들었다.

나는 겁을 먹은 채 중얼거렸다.

"나, 옛날에 그 녀석을 좋아했어. 뭐라고 할까, 첫사랑 상대라고 할까."

한번 말이 시작되자 멈추지 않는다.

니시카와 씨가 졸고 있는 것을 구실 삼아, 나는 모조리 털어놓고 시원해지고 싶은 이야기들을 전부 니시카와 씨에게 말하자고 생각했다.

"고등학교 때 그 녀석, 축구부 주장이었는데 정말 멋있었어. 나, 이학년 때부터 쭉 그 녀석을 좋아했는데, 고백한 것은 졸업식 날이었어."

니시카와 씨의 반응은 없다.

그것을 보고 완전 안심이 된 나는, 집에 도착할 때까지의 몇 분 동안 나머지 이야기를 전부, 전부 말했다.

"하지만 차였었어. 기분 나쁘다고. 그래서 나, 도쿄까지 와서 여장 바에서 일을 하고 있는 거야."

눈물이 나오기 시작했다. 오열하고 있었는지도 모른다.

그 순간 자고 있을 거라 생각했던 니시카와 씨가 내 쪽으로 살며시 손을 뻗어왔다.

전혀 야하지도, 성적인 느낌도 없이.

크게 숨을 쉬는 내 머리를, 가슴에 묻으며 니시카와 씨가 불쑥 말했다.

"아즈마는 절대 기분 나쁘지 않아."

"……."

상냥한 목소리다. 굉장히 안심이 된다.

친구라는 게 이런 느낌일까.

치과의사는 원래 이렇게 상냥한 것일까? 엄한 이미지밖에
는 없었는데.

"하지만 요전번에 그 녀석과 재회했어. 난 이제 전혀 그 녀
석을 좋아하지 않아. 인상도 인품도 나빠진 데다, 정말 질이
나쁜 녀석이란 것을 알았어."

"…응."

"재회한 날에 호텔까지 갔었는데, 할 수 없었어. 하기 전에
도망 나왔어."

한심하고 분해서 눈물이 멈추지 않는다. 다른 사람 앞에서
운 적 따윈 지금까지 단 한 번도 없었는데.

"니시카와 씨, 미안."

"사과할 일이 아냐."

"셔츠 더럽혔어."

"빨면 되니까 괜찮아."

하하하, 하고 웃는 니시카와 씨는 정말 평소의 니시카와
씨였다.

"저기, 아즈마, 나도 사과하지 않으면 안 될 일이 있어."

"뭘?"

"좀 전에 그 자리에 있었던 게 우연이었다고 했는데, 사실
은 거짓말이야. 네가 가게를 나오면서부터 쭉 지켜보고 있었
어."

"……응?"

"요전번에 그 남자를 아파트 앞에서 본 적 있었어. 조금 걱정이 되어서, 데리러 갈까 하고 생각했었어."

"그러지 않아도 괜찮은데. 그러니까 나, 일단은 남자고… 지금은 이렇지만……."

니시카와 씨는 천천히 고개를 흔들고는, 본인이 그렇게 하고 싶었다고 말했다.

그리고 내 얼굴을 가까이서 쳐다본다.

당장에라도 울 것만 같은 눈으로.

"나, 아무래도 널 좋아하는 것 같아."

8화
잠들 수 없는 뜨거운 밤

"니시카와 씨, 괜찮으세요?"

점심시간, 멍하게 있자 카와키타 씨가 이쪽을 들여다본다.

가지런히 자른 반짝반짝 빛나는(물론 가짜가 아닌) 머리에, 크고 둥글둥글한 눈.

회사 점심시간에 맞춰오는 환자를 처리하고, 오후 시간대로 가는 나른한 휴식시간.

요즘 들어 자주 카와키타 씨와 함께하는 기분이 든다.

"응? 아, 무슨?"

"최근 멍하게 있으실 때가 많네요."

걱정된다는 듯이 입을 삐죽 내미는 카와키타 씨.

응, 카와키타 씨는 굉장히 귀엽다. 환자들 사이에서도 동료들 사이에서도 아이돌인, 귀여운 여자아이인 카와키타 씨 (게다가 가슴도 크다).

차라리 카와키타 씨를 좋아했다면 좋았을 것을!!

…그런 실례인 생각을 해버린다. 하지만 사실 그건 꽤나 본심에 가까운 이야기다.

어째서 나는 저렇게 가늘고 키가 큰, 애교 없는 아즈마를 좋아하는 걸까.

캐서린 쪽을 좋아하게 되어버린 거라면 또 모를 일인데.

그런데도 하필이면 나는 아즈마를 좋아하게 되었다. 어엿한 남자인 아즈마를.

"그런가…… . 조금 수면 부족이야."

내가 아즈마에 대한 사랑을 자각하고 나서, 수면 시간이 점점 줄어든 것은 인정한다.

하지만 결정타는 어제의 일이었다.

나는 정말, 그 아즈마의 표정을 잊을 수가 없다.

내가 그를 좋아한다고 말했을 때, 점점 절망으로 물들어가는 그의 얼굴.

「미안… 니시카와 씨가 그런 식으로 보고 있었다니, 생각지도 못했어.」

택시 안에서 그렇게 중얼거린 그는, 아파트 앞에서 나만 내려주고는 어딘가로 가버린 것이었다.

나는 할 수 없이 조금 자고(시간적으로도 정신적으로도 만족스럽게 자지 못했지만) 그를 위한 밥을 만든 후 집을 나왔다. 밥 같은 건 목구멍으로 넘어갈 것 같지도 않았다.

"수면 부족은 몸에 나쁘잖아요? 면역력도 떨어지고. 환절기니까 몸조심하세요!"

"네, 조심하겠습니다……."

선생님은 치과의사고, 환자에게 얼굴을 가까이해야 하니까요, 라고 뾰로퉁하게 화를 내는 카와키타 씨다.

"아아, 미안. 신경 쓸게. 걱정해 줘서 고마워."

"니시카와 선생님이라면, 그런 일은 없을 거라 생각하고 있지만요……."

"응. 사실은 같이 살고 있는 아이와 조금 싸움을 해버려서 말야."

싸움, 이라는 표현을 써도 좋을까?

"엣? 니시카와 선생님, 애인 있었어요?"

내 한숨에 축 처진 기분이 따라나와 버렸는지, 카와키타 씨의 표정이 순식간에 어두워졌다.

"아, 그게, 애인이 아니라……."

그럼 뭐냐. 그렇다고 해서 아즈마는 남자친구도 아니다.

"아, 그럼 친구라든가?"

"아, 그래그래, 친구……."

하지만 친구라고 표현하는 게 좋을지… 미묘한 점이 괴롭다.

그래, 굉장히 괴로운 관계다. 우리들은.

"뭐야. 친구라. 그러고 보니 선생님, 친구 집에 함께 살고 있다고 했었죠."

"응. 맞아."

"친구와는 생활습관도 다르고, 뭔가 사소한 일로 어긋나 버리기 십상이에요."

"그래. 뭔가 말하면 안 되는 것을 말해 버린 것 같아서 말이야."

"아아~ 역시. 꽤 자주 있는 일이에요."

응응, 이라고 카와키타 씨는 잘 안다는 듯이 고개를 끄덕였다. 가벼운 머리카락이 그때마다 흔들렸다.

"이런 나이가 되면 말이야, 화해 방법 같은 건 잊어버려."

"무슨 말씀을 하시는 거예요? 선생님. 화해하는 방법 같은 건 잔뜩 있어요. 하지만 그럴 때에는 우선 사과하고 서로 마음을 합쳐야 해요."

카와키타 씨는 휙 하고 손가락을 세우고는 그렇게 말했다.

확실히 그녀의 말이 옳다.

하지만…….

"음… 아무리 해도 화해하는 게 어렵다면, 친구와 한번 떨어져 보는 건 어떠세요?"

"음……."

"우리 집이라면 방이 하나 비어 있는데… 라는 건 농담!! 농담이에요!!"

카와키타 씨는 부끄러운 듯이 그렇게 말하고는, 내 등을 팡팡 두드렸다.

…조금 아프다.

마침 거기까지 이야기하자, 점심시간이 끝나 버렸다.

오후의 진찰 내내 계속 카와키타 씨의 말이 머릿속을 맴돌았다.

'한번 거리를 둔다라… 한번 거리를…….'

머릿속을 빙빙 도는 그것을 생각한다. 하지만 답은 언제나 똑같다.

'…역시, 아즈마의 집을 나가자.'

이대로는 서로 어색할 뿐이다.

게다가 내가 있기 때문인지 아즈마는 최근 손님도 데려오지 않는다.

이 이상 그의 생활에 방해가 되어서는 안 된다.

그런 생각을 하며 멍하니 슈퍼에서 물건을 사고, 분명 마지막 요리가 될 식단을 고민했다.

냉동할 수 있는 요리가 좋을까, 내가 없어져도 아즈마가 당분간은 먹을거리를 고민하지 않도록.

상비용 반찬도 잔뜩 만들어야겠다. 냉장고에 차고 넘칠 정도로. 아즈마가 감자 샐러드를 좋아하는 것 같으니 그것도 만들고.

"……."

왠지 슬퍼졌다.

함께 살기 시작한 지 꽤 지난 것 같은데, 이제 한 달 반 정도밖에 지나지 않았다.

그사이에 나는 이렇게나 아즈마를 좋아하게 되어버린 것이다.

하지만 운다고 해서 방법이 나오는 것도 아니니, 빨리 돌아가서 요리를 하자.

그리고 요리를 끝내면 조리도구를 전부 모아서 나갈 준비를 하자.

"다녀왔어."

아즈마의 집으로 돌아가자, 역시 아무도 없었다. 하지만 정리된 침대는 사용한 흔적이 있었고, 화장품과 스프레이의 냄새도 남아 있다.

아… 마음이 무겁다. 그렇게 생각해서인지 어질어질거리기 시작했다.

인간은 정말 침울하면 몸상태까지 나빠진다더니 진짜였다.

조금만, 조금만 눕자.

기듯이 침대로 기어 들어가자, 정말 살짝이지만 아즈마의 냄새가 났다.

아즈마의 기분이 나쁠 거라는 건… 알고 있다…….

하지만, 이렇게나 좋아한다. 어떻게 할 수도 없을 만큼.

눈을 감자 바로 잠이 쏟아졌다.

"……씨."

"으응……?"

"니시카와 씨……."

얼마나 잔 걸까.

작은 목소리에 의식이 점점 돌아왔다.

방은 어둑어둑하다.

"니시카와 씨……."

어라? 아즈마? 돌아왔구나.

그럼 이제, 아침이 된 건가??

쭉 하는 소리가 났다.

"…응?"

이상한 소리에 눈을 돌리자, 아즈마가 웃고 있었다.

…내 다리 사이에서.

"아, 아즈마……?!"

미끈미끈하게 젖어 있는 붉은 입술, 그리고 흘끗 보이는 송곳니.

무슨 일을… 이라고 묻기도 전에, 내 말도 다리 사이의 열도, 아즈마의 벌어진 틈 사이로 빨아올려졌다.

"하아… 아앗… 아… 웃……!"

"저기, 니시카와 씨……. 기분 좋아?"

눈물을 머금은 시야가 몽롱해진다.

그곳이 쭈욱 하고 만져지자, 끝부분을 빨리는 쾌감에 나는 땀으로 젖어든 시트를 쥐고 고개를 흔들었다.

어둠 속에서 아즈마의 혀의 감각만이 거세게 다가와, 등을 뛰어오르는 저림에 숨이 멎을 것만 같았다.

굉장히… 기분 좋아……. 갈 것… 같아…….

머리가 새하얘진다. 아즈마의 혀가 생명체처럼 구불구불 구부러지며, 내 것에 타액을 바르며 움직이고 있다.

츄읍, 츄, 하고 울려 퍼지는 작은 소리.

"아즈… 마……. 입, 떼줘… 나, 나올 것 같아……."

슥 하고 소리를 내며 빠져나가자, 귀두가 튀어오른다.

나를 올려다보고 심술궂게 웃는 아즈마가 색스럽다.

"왜? 가면 되잖아?"

"그런, 아… 안 돼… 아웃!"

앞에 키스 당하자, 말이 가로막혔다.

아즈마의 의도대로 장난감처럼 허리를 흔들고 몸부림칠 수밖에 없었다.

"그냥 가."

도발적인 시선이 꽂혀왔다.

아아… 시야가 하늘하늘 흔들리고, 마치 꿈이라도 꾸고 있는 것 같다.

"아즈마…… 아즈마……!"

나는 아즈마의 이름을 부르며 눈을 감았다.

더는 안 되겠다, 라고 생각한 순간.

"괜찮아? 왠지 엄청난 가위에 눌린 것 같은데."

걱정스러운 얼굴을 한 아즈마가 나를 들여다보고 있었다.

꿈… 꿈인가……?!

단숨에 힘이 빠져나갔다. 너무 안심한 나머지 그대로 잠이 들어버렸던 것 같다.

뭔가 이상하다고 생각했다.

왜 그렇게 아즈마의 혀의 감촉이 리얼했는지는 모르겠지만, 어쨌든 꿈이라 다행이었다.

"아, 괜찮아. 괜찮아. 좀 이상한 꿈을 꿔서……."

윽. 하지만 완전히 발기해 있어서, 일어나서 활발하게 움직이는 건 무리다. 아마도.

그것보다, 여기에 아즈마가 있는 것에 놀랐다.

아니, 아즈마의 집이니 아즈마가 있는 건 전혀 이상한 일이 아니지만.

어젯밤 그런 일이 있고 나서 한 번도 얼굴을 마주치지 않았는 데다가, 이제 말도 섞지 않는 건가 하고 여기고 있었는데.

"니시카와 씨, 왜 그래?"

"아, 왠지 졸려서 침대로 들어갔다가 그대로 잠들어 버렸나 봐."

머리맡에 있을 휴대전화를 찾아 시각을 확인했다. 오전 일곱 시 조금 전이다.

"그래? 왠지 안색이 나쁜데."

"그런가?"

"어디 몸이 안 좋은 거 아냐?"

아즈마의 차가운 손이 내 이마에 닿는다. 기분이 좋다. 나도 모르게 눈을 감고 느끼고 싶을 정도로.

"뜨거워, 니시카와 씨. 완전 열이 나는데?"

아즈마는 그렇게 말하고는 눈썹을 모았다.

"괜찮아……."

그렇게 오랜 시간 자버렸다는 사실이 놀랍지만, 이제 슬슬 나가지 않으면 지각이다.

몸을 일으키려는 나를 보고, 아즈마가 기가 막히다는 듯 말했다.

"아, 니시카와 씨, 무리하지 말라고. 오늘은 쉬는 게 낫겠어. 내가 전화해 줄까?"

침대에서 기어 나가려는 나를 말리며 아즈마는 빙긋 웃는다.

"으......."

사람에게 걱정을 끼칠 때의, 아련한 무딘 마음이 몸을 무겁게 한다.

혼자 살았을 때라면 이런 감기 같은 건 아무런 문제도 아니었을 것이다. 누군가와 함께 살면 이렇게 대책없이 기대게 되는 것일까?

"잠깐 기다려. 체온계가 어딘가에 있을 테니까."

아즈마는 그렇게 말하고는 찬장 안을 뒤지기 시작했다.

그런 아즈마의 모습을 보고 있다 보니, 다시 한 번 꾸벅꾸벅거리기 시작했다.

감각만으로 보면, 서른여덟 번은 단숨에 목을 휘청거린 것 같다. 이 정도라면 오늘은 정말 쉬는 게 나을지도 모른다.

휴대전화를 손에 들고, 업무용 메일로 '오늘은 컨디션 불

량으로 휴가를 냅니다'라고 메일을 보냈다.

"아, 있다."

아즈마는 내게 체온계를 건네주며 방긋 웃었다.

"난 니시카와 씨처럼 요리는 못하니까, 나중에 뭐가 사올게. 니시카와 씨는 자."

아즈마는 그렇게 말하고는 내 머리를 탁탁 쓰다듬었다.

마침 체온계가 울렸다. 숫자를 확인하니 39도 2분이었다.

"우와… 엄청난 열이잖아. 어서 자."

"하지만… 아즈마에게 폐가……."

"소파에서 자면 되니까 괜찮아."

어제 그렇게 이 집을 나가자고 굳게 결심을 했는데, 대체 이게 무슨 일인가.

자신은 더블침대에서 편하게 자고 있고, 집주인이 소파에서 자다니. 그런 멍청한!!

게다가 이 시간은 아즈마가 일을 마치고 돌아오는 시간인데.

하지만 몸이 안 좋은 것도 사실이니, 가만히 눈을 감았다.

불편한 마음은 아랑곳하지 않고, 나는 또다시 죽 자버린 것 같다.

눈을 떴을 때에는 이미 어둑어둑했다. 아마 저녁일 것이다.

머릿속은 아침보다는 다소 개운해졌다. 여전히 나른했지만, 그래도 혼탁한 정신은 많이 돌아와 있었다.

누워서 가만히 오감을 집중하고 있자니, 아즈마의 샤워 소리가 들렸다.

자고 있어서 몸을 꼼짝할 수 없는 만큼, 유난히 생활 소음이 생생하게 다가왔다.

샤워를 하는 소리가 멈추고, 달칵하는 욕실 문 열리는 소리가 났다.

'우왓······!!'

서둘러서 자는 척을 계속했다. 실눈을 떠서 보자, 침실에 수건 한 장의 아즈마가 나타났다.

어, 어떻게 하지? 두근두근거린다.

욕실에서 새어나오는 빛에 옷장으로 향하는 가냘픈 몸이 어렴풋이 비춰지고 있다.

아즈마는 아직 내가 자고 있다고 생각했는지, 허리에 둘렀던 수건을 대수롭지 않게 잡고······.

'우와아앗!!!!'

역시 눈을 감았다.

위험해··· 굉장히 떳떳하지 못해!!

바스락바스락거리며 옷 스치는 소리는, 아즈마가 옷을 입고 있는 소리······.

아아… 또다시 망상이 펼쳐진다.

아니, 또다시 이상한 기분이 들기 시작한다…….

그 순간, 인터폰이 울렸다.

목욕을 하고 나온 후, 아즈마의 발소리는 습기 때문에 계속 찰싹찰싹거리고 있다.

기분 나쁜듯이 '네'라고 응답하는 아즈마의 목소리에 연속된 것은, 의외의 목소리였다.

[아, 저… 니시카와 선생님이세요? 카와키타입니다만… 병문안 왔습니다. 원장 선생님에게 주소를 물어봤는데…….]

카와키타 씨?!

어, 어째서 이런 곳에?!

"어, 니시카와 씨의 지인?"

[…누구세요?]

카와키타 씨의 목소리가 조금 굳어졌다.

"이 집의 주인인 아즈마입니다만."

[아… 실례했습니다.]

그 이후, 두 사람의 대화는 들리지 않았다.

아즈마는 손으로 목을 돌리며, 침실로 들어왔다.

"니시카와 씨, 일어나 있어?"

카와키타 씨의 등장에 놀라서 자는 척도 그만두고 어정쩡하게 몸을 일으킨 상태였다.

"응."

"뭔가 니시카와 씨의 지인이라는 여자애가 왔는데."

"…어, 응. 들었어."

"왠지 귀여운 느낌의 아이였어."

"그녀와는 동료야."

"그래? 근데 저 여자아이, 확실히 니시카와 씨를 좋아하는 것 같은데."

아즈마는 그렇게 말하며, 옷장 안에서 핑크드레스를 꺼냈다. 옷자락이 나풀거리는, 아름다운 디자인의 옷이었다.

"그러… 려나."

순간, 침묵이 흘렀다.

"나 같은 건 그만두고, 그녀에게 가면 좋을 텐데."

아즈마가 무표정한 얼굴로 그렇게 말했다.

그 말이 욱신욱신 가슴을 찔러, 도저히 빠질 것 같지가 않았다.

9화
사랑은 제트코스터

"나 같은 건 그만두고, 그녀에게 가면 좋을 텐데."

아마 반 정도는 진심이었다.

하지만 그 말을 들은 니시카와 씨의 표정은, 눈도 마주치지 못할 정도의 참혹한 것이었다.

"아즈마……."

돌아오는 말도 없었다. 본래 지긋한 나이의 남자의 울 것만 같은 얼굴이 돌려줄 코멘트 같은 건 없는 것이다.

어색한 침묵이 지배하는 방 안에서 나는 천천히 준비를 했다.

언제나처럼 기초 크림을 손에 들었다. 고급 화장품의 냄새가 싫지는 않다.

고향의 화장대가 문득 떠올랐다.

나는 그곳에 들어 있던 모든 것이 갖고 싶었었다. 그런 말을 한 적은 없지만.

니시카와 씨를 찾아온 귀여운 여자아이 때문에, 나는 지독한 열등감에 시달리고 있다.

아무리 노력해도 나는 저런 식으로는 절대 될 수 없는데, 왜 여장 따위를 하고 있는 건지, 나는.

그래, 니시카와 씨에게는 저런 아이가 어울릴 것이다. 어떻게 생각해도 그렇다.

니시카와 씨는 상냥하고, 성실한 남자다. 나와는 종류가 다르다.

뭐라고 할까, 남자나 여자 같은 게 아닌 사람으로서.

……아니, 그게 아니지.

그녀를 생각하는 중이었는데, 왠지 생각이 니시카와 씨에게로 뻗어가 버렸다.

초조해하며 아이라인을 긋자, 비뚤게 라인이 휘어졌다. 젤라이너라 수정하기도 힘든데.

"…쳇."

나도 모르게 혀끝을 차버렸다. 침실 안의 공기가 점점 나빠지고 있지만, 신경 쓰지 않는 척 했다.

…아니, 원래 이곳은 내 집이니 당연히 신경 쓸 필요가 없다. 뭐 혼자 살았을 때는 이런 일은 없었지만.

불편해졌는지 이불을 뒤집어쓰고는 이쪽을 보지도 않는 니시카와 씨를 다시 보니, 또 혀를 차고 싶어졌다.

거울 안에서 그럭저럭 완성된 캐서린을 보자 안심이 되었다.

붉은 드레스의 캐서린, 금발의 가발을 쓰고 오늘도 출근이다.

"…갔다 올게."

말해 버린 후에 정신이 들었다.

이런 말, 혼자 살았을 때에는 쓴 적이 없었는데.

대답이 돌아오지 않으면 기분만 침울해질 뿐인데.

가슴이 메는 기분으로 문을 당겼다.

그때,

"자, 잘 다녀와."

목이 잠긴 듯한 니시카와 씨의 목소리가 이불 안에서 들려왔다.

아… 대답을 해주었다.

그 정도로 조금은 기분이 좋아지는 나 자신을 어떻게든 하고 싶어졌다.

다음 말이 나오지 않는다.

니시카와 씨가 이쪽을 보고 있는 것도 아닌데, 나는 화악 하고 붉어진 얼굴을 감추려는 듯 현관으로 재빨리 향했다.

붉어진 얼굴을 필사적으로 감추고 엘리베이터를 탔다.

그때, 처음으로 깨달았다.

"아아… 나도 니시카와 씨를 좋아하는구나."

독백하듯 중얼거리자, 왠지 생각이 증식해 가는 기분이 들었다.

"위험해."

나도 모르게 양손으로 얼굴을 가렸다. 이런 얼굴, 어느 누구에게도 보이고 싶지 않다.

좀 전까지는 얼굴이 붉었었는데, 이번에는 심장이 꽈악 하고 조여와 울 것만 같았다.

마치 제트코스터를 탄 것 같은 감각이다.

이런 기분, 처음이었다.

이 아파트에서 같이 살았던 남자에게도 이런 것은 느낀 적이 없었는데.

미나미다에 대해서도 이런 감정은 가진 적이 없었는데.

자신의 감정에 이름을 붙였지만, 죄책감은 사라지지 않았다.

니시카와 씨는 나를 좋아한다고 말해줬지만, 어떻게 생각해도 아까 찾아왔던 여자아이 같은 상대와 사귀는 편이 나으

리라. 그건 당연한 일이다.

상식적으로도.

사회적으로도.

…아니, 틀렸다.

나는 니시카와 씨의 말을 진심으로 받아들여서 상처 받고 싶지 않을 뿐인 거다.

"엣취!"

아파트 밖으로 나가자 굉장히 차가운 바람이 살갗을 찌른다.

그래, 이런 걸 생각할 때가 아니다.

"퍼 같은 걸 가지고 왔으면 좋았을걸."

평정을 유지하고 캐서린이 되기 위해, 일부러 여자 말투로 말했다.

우선은 일이다.

전철을 타고 가게에 도착하면, 나는 평소처럼 캐서린이 되어야 한다.

팡 하고 양 볼을 자신의 손바닥으로 두드렸다.

어머, 싫어. 화장이 벗겨지지 않았을까. 그렇게 걱정되는 걸 보니 조금은 정신을 차린 모양이다.

가까운 역으로 향하자, 플랫폼 벤치에 좀 전의 여자아이가 앉아 있었다.

아래를 보고 있는 옆모습만 봐도 귀여운, 완벽한 여자아이다.

시치미를 떼고 그녀의 옆에 앉았다.

그녀는 순간 이쪽을 보곤 흠칫거렸지만, 바로 시선을 아래로 돌렸다.

무릎 위에 올려놓은 편의점 봉투에서는 젤리 음료라든가 열을 식히는 시트 같은 게 언뜻 보였다.

그것을 보고, 나는 점점 심한 죄책감에 사로잡혔다.

귀엽고, 니시카와 씨를 좋아하고, 꽤 눈치도 있는 여자아이.

어떻게 생각해도 그녀 쪽이 니시카와 씨를 행복하게 해줄 것이다.

마음이 우울해지기 전에 빨리 전철에 타버리고 싶은데, 오늘따라 열차 운행이 혼잡해서 급행만이 이어진다.

덕분에 어두운 기분의 여장남자와 여자아이가 십 분씩이나 나란히 앉아 있게 되었다.

가까스로 온 전철을 타려고 몸을 일으켰지만, 여자아이는 일어나지 않았다.

그냥 가려고 하다가, 괜히 신경 쓰여 물었다.

"…안 타?"

"네? 아… 죄송합니다. 좀… 기분이 안 좋아서."

여자아이는 힘없이 웃고는, 걱정해 줘서 고맙습니다 하고 덧붙였다.

니시카와 씨, 정말 당신은 바보다.

이런 여자아이를 내버려 두면 안 된다고.

"…그래."

나는 그렇게 대꾸하고는 전철로 올라탔다.

가게에서는 평소대로 일을 했지만, 왠지 머리가 멍해질 때가 있어서 몇 번이나 마음을 다잡지 않으면 안 되었다.

"엣취!!"

"캐서린, 감기??"

옆자리에 앉아 있는 남자의 손이 내 허벅지로 뻗어온다. 이런 건 언제나 있는 일이다.

하지만, 이날은 조금 달랐다.

왠지 모르게 그 터치가 기분이 나빴다.

"그럴지도 모르겠어요!"

상태 좋게 웃으며, 나는 남자의 손을 허벅지에서 치웠다.

"감기 걸렸으니까 옮기면 안 돼요."

변명 같은, 그런 말을 하면서,

"옮겨줘."

작은 소리로 귓가에서 속삭이는 대사.

아아… 기분이 더 나빠졌다.

그 끈질긴 손님을 어떻게든 물리친 나를 누군가가 칭찬해줘.

무엇이든 플러스로 해석하는 술주정뱅이는 정말 귀찮다.

그 사람도 내 몸을 끈적끈적하게 손으로 어루만지며, 귓가에 뜨거운 숨을 불어 넣었다.

"최악이다!!"

엉겁결에 아침의 번화가 중심에서 외쳐 버렸을 정도였다. 아직 캐서린인데도 말이다.

게다가 왠지 몸도 나른했다.

한 대, 한 대만 담배를 피우고 돌아가자.

집에서 담배를 피우면, 감기에 걸려 있는 니시카와 씨에게 폐가 된다.

담배를 입에 물고, 불을 붙이고, 연기를 빨아당긴다.

"켁… 커헉… 우에엑……."

폐로 넘어오는 담배연기에 콜록거리고, 다음으로는 토할 뻔했다.

과음이려나.

분명 그럴 것이다. 아까 손님에게 붙들려 너무 많이 마신 탓이다.

어쨌든 졸리다.

무거운 몸을 끌고 겨우 집으로 돌아왔다.

"다녀왔어……"

이른 아침이니 니시카와 씨의 대답은 없다.

술냄새가 나니 일단 샤워를 하자.

가발을 제자리로 돌려 놓고, 몸에 착용했던 액세서리를 전부 떼고, 드레스의 지퍼를 내렸다.

드레스를 벗자 조금은 편해진다.

나는 속옷 차림으로 욕실로 향해, 세탁기에 벗은 속옷을 던져 넣은 다음 욕실의 문을 열었다.

눕자마자 곯아떨어질 수 있을 정도로 몸이 노곤하다. 빨리 씻고 자야지.

수도꼭지를 돌려 뜨거운 물을 틀었다.

몸에 엉겨 붙은 진흙들이 모두 녹아 사라지는 듯해 기분이 좋다.

너무 기분이 좋아서 눈을 감았다.

신기하게도 거기서 의식이 끊겼다.

"아즈마!!"

눈을 뜨자, 눈앞에 니시카와 씨가 있었다.

"…응?"

왠지 전에도 이런 일이 있지 않았던가?

전과 다른 게 있다면, 니시카와 씨의 옷이 젖고 있다는 것과, 여기가 침실이 아니라는 것이다.

"아즈마, 괜찮아?!"

뚝뚝 하고 머리에서 물방울이 떨어진다.

"왜, 왜… 니시카와 씨 너무 필사적…….."

여기가 욕실이라는 것은, 어라, 나 알몸이잖아.

…상황이 잘 이해되지 않는다.

"욕실에서 굉장한 소리가 나서 걱정이 돼서 와봤더니, 아즈마가 쓰러져 있었어!"

아아… 그래서……. 왠지 이해가 되었다. 하지만 정말 머리가 멍하다.

"미, 미안… 니시카와 씨."

"사과는 나중에! 일단은 몸이 뜨거우니까, 침대로 가자."

그렇게 말하고는 니시카와 씨는 나를 안아 올려 침실까지 옮겼다.

그러는 동안 나는 '니시카와 씨, 의외로 힘세구나' 하는, 바보 같은 생각을 하고 있었다.

나를 침대에 눕힌 니시카와 씨는, 바지런히 내 옷장에서 잠옷으로 입는 티셔츠와 짧은 바지를 꺼냈다.

"읏……."

옷을 갈아입히려는 니시카와 씨의 손이 닿자 왠지 기분이 좋았다.

'좀 전의 남자와는 완전 달라.'

바싹 말라 있는 옷의 감촉.

알몸을 보이고 있다는 수치심을 느낄 틈도 없을 정도로 솜씨 좋은 니시카와 씨의 동작.

역시 치과의사도 의사인 것이다. 그런 아무래도 상관없는 것을 생각한다.

"감기 걸린 것 같아. 내가 옮긴 걸까. 미안해."

"아, 아니, 감기 같은 거, 나 바보라서 안 걸려……."

사실 상경하고 나서 한 번도 걸린 적이 없다.

"바보는 감기 걸린 걸 모를 뿐이야. 감기에 걸릴 때는 걸리는 거야. 자, 오늘은 푹 자는 게 좋아."

작은 기침을 하면서, 니시카와 씨는 그렇게 말했다.

"니시카와 씨는……?"

"나는 병원에 들른 후 출근하면 돼. 이제 거의 나아가고 있어."

니시카와 씨는 그렇게 말하고는 옷을 갈아입기 시작했다. 앗! 나를 건져 올리느라 그 옷이 전부 젖어 있었다.

"저, 정장, 미안."

"응? 아아, 물세탁 가능한 옷이니까 괜찮아."

하하하, 하고 웃고는 니시카와 씨는 출근 준비를 했다. 그런 문제가 아닌 것 같은데, 그 호쾌한 웃음을 듣고 있자니 상관없나 하는 생각이 들었다.

"일단 내가 먹으려고 만들어둔 된장국이 있으니까, 식욕이 있으면 먹어둬. 그럼 다녀올게."

"……다녀와."

아무 일도 없었다는 듯 출근하는 니시카와 씨.

나는 어떤 얼굴을 하면 좋을지 모른 채 그를 배웅했다.

마침 머리맡에 있던 체온계로 열을 재보니, 38도 8분이었다. 어제의 니시카와 씨보다는 낮다.

일단은 졸려서, 몸이 아파서 죽을 것 같아서 눈을 감았다. 자고 일어났을 때 배가 고프면 그때 된장국을 먹어야겠다.

어쩐지 눈을 감은 채 미소가 지어졌다.

행복하다.

좋아하는 사람과 둘이서 산다는 것은, 행복한 일일 것이다.

눈을 뜨고 땀이 찬 옷을 갈아입고, 니시카와 씨의 된장국을 먹었다. 정확한 맛은 잘 모르겠지만 아마도 맛있는 것 같다.

열이 내려갈 것 같지가 않아서, 가게에는 쉬겠다는 연락을 넣었다.

다시 눈을 뜨니, 이미 밤이었다.

니시카와 씨가 뭔가 바스락거리며 움직이고 있는 것 같아서 '어서 와' 라고 말을 걸었다.

"아즈마, 무리하지 말고 자."

"니시카와 씨는 뭘 하고 있어?"

내가 그렇게 말하자, 니시카와 씨는 조금 곤란하다는 듯한 얼굴을 하고는 웃었다.

그리고 침대의 사이드에 앉아서 나를 지그시 바라봤다.

"아즈마, 할 말이 있어. 이런 때 말하는 것도 좀 이상하긴 하지만."

"응? 뭘?"

"나… 이사하게 되었어……."

니시카와 씨는 목소리를 짜내듯이 그렇게 이야기했다.

나는 꿈이라도 꾸고 있는 걸까.

니시카와 씨가 말한 말이 머릿속으로 잘 와 닿지가 않는다.

"……응?"

"조만간 이곳을 나갈 거야. 지금까지 폐를 끼쳐서 미안했어."

니시카와 씨의 섬세한 손가락이 내 머리카락을 매만진다. 가여운 듯이.

그러자 겨우 니시카와 씨가 말한 말이 내 머릿속에서 의미를 이루었다.

단숨에 눈이 떠지고, 깨달은 순간 나는 일어나 앉아 있었다.

"…잖아, 그거! …아얏!!"

퍼억 하고 성대한 소리가 났다.

뛰어오른 내 상체의 기세를 이기지 못하고, 우리는 박치기를 해버렸다.

10화
너를 잊고 싶은데

　역시 어제보다는 몸 상태가 좋지만, 감기가 아직 떨어지지 않았는지, 눈이 떠져도 침대에서 나오기는 귀찮다.

　어젯밤에 간신히 일어나서 만든 된장국을 그대로 아침밥으로 해야겠다.

　아즈마가 돌아온 것 같다.

　슬슬 일어나야 한다.

　아즈마가 작은 목소리로 '다녀왔어'라고 중얼거리고, 언제나처럼 액세서리를 떼고, 옷을 벗고 있다.

　드레스를 벗을 때의 지퍼 소리는 아직도 익숙지 않아 두근두근거린다.

욕실로 향하는 아즈마의 발소리가 점점 멀어진다.

어떻게 할까. 나도 이제 일어나서 준비를 시작하지 않으면 안 된다.

어떻게든 일어나서 속옷을 갈아입고, 느릿느릿 셔츠의 단추를 잠그자 샤워 소리가 들려왔다.

'아즈마가 끝나면 나도 세수를 해야……'

하지만 벨트를 맸을 때 내 머리는 순식간에 맑아졌다.

쏴아아든가 파아아라든가, 어쨌든 그런 느낌의 큰 소리가 욕실에서 집 전체로 울려 퍼졌다.

"아즈마?!"

서둘러 욕실로 가자 부자연스러운 샤워 소리만이 울리고 있었다.

"아즈마, 괜찮아? 아즈마?!"

노크를 해도 대답이 없다. 순간 고민을 했지만, 나는 단숨에 문을 열었다.

욕조에 기댄 듯이 쓰러져 있는 아즈마는 의식이 없는 듯했다.

우선 샤워기를 멈추고, 아즈마의 곁으로 다가갔다. 슈트가 조금 젖었지만 그런 걸 신경 쓸 때가 아니다.

가늘고, 하얗고, 뼈가 도드라질 것 같은 아즈마의 얼굴이 새파랗다.

"아즈마! 아즈마!!"

필사적으로 부르고 어깨를 두들겼다.

이렇게 밝은 곳에서 아즈마의 알몸을 보는 것은 처음이라든가, 살결이 매끈매끈하다든가, 이런 긴급 사태인데도 그런 것들이 눈앞에 아른거린다.

가는 몸을 안은 채 그의 이름을 계속 부르자, 아즈마가 겨우 희미하게 눈을 떴다.

"……응?"

"아즈마, 괜찮아?!"

말을 걸자, 힘 없어 보이는 아즈마가 조금 웃는 듯한 표정을 지었다.

아즈마의 몸은 굉장히 뜨거워서, 아무래도 열이 있는 것 같았다.

"왜, 왜… 니시카와 씨, 너무 필사적……."

무슨 일이 있어났는지 모르겠다는 듯한 아즈마의 표정.

"욕실에서 굉장한 소리가 나서 걱정이 돼서 와봤더니, 아즈마가 쓰러져 있었어!"

"미, 미안… 니시카와 씨."

"사과는 나중에! 일단은 몸이 뜨거우니까, 침대로 가자."

가벼운 아즈마를 안아 들어 침대로 옮겼다.

다소 주저했지만, 아즈마의 옷장을 열어 티셔츠와 짧은 바지를 꺼내 아즈마에게 입혔다.

"웃……."

젖은 앞머리, 살짝 열린 입술.

열에 들뜬 아즈마의 표정은 굉장히 선정적이라서, 나는 가능한 한 다른 것을 생각했다.

"감기 걸린 것 같아. 내가 옮긴 걸까. 미안해."

흥분할 것만 같은 사고에, 얼음물로 식히는 것처럼 죄책감이 끼얹어졌다.

"감기 걸린 것 같아. 내가 옮긴 걸까. 미안해."

"아, 아니, 감기 같은 거, 나 바보라서 안 걸려……."

"바보는 감기 걸린 걸 모를 뿐이야. 감기에 걸릴 때는 걸리는 거야. 자, 오늘은 푹 자는 게 좋아."

"니시카와 씨는……?"

"나는 병원에 들른 후 출근하면 돼. 이제 거의 나아가고 있어."

나는 조금 거짓말을 하고는 젖은 슈트를 갈아입었다. 빨리 병원으로 가서 약을 받아야겠다.

"저, 정장, 미안."

"응? 아아, 물세탁 가능한 옷이니까 괜찮아."

이건 진짜다.

"일단 내가 먹으려고 만들어둔 된장국이 있으니까, 식욕이 있으면 먹어둬. 그럼 다녀올게."

아무렇지도 않은 듯 상쾌한 척을 하며 현관으로 향했다.

"…다녀와."

가는 아즈마의 목소리가 배웅을 해주었다.

그 목소리가 너무나도 약해서, 사실은 당상에라도 달려가고 싶었다.

…아마도, 이미 한계다.

아즈마가 너무 좋아서, 이제 이곳에는 있을 수가 없다.

열 때문인지, 사랑 때문인지, 완전히 새빨개진 얼굴을 감추며 고급 아파트를 뒤로하고 병원으로 향했다.

목요일인데도 병원은 붐볐다. 고작 이인분의 진찰과, 감기라는 진단과, 오 일분의 약 처방전을 받았을 뿐인데 오전 중의 시간을 거의 소비해 버렸다.

그리고 왠지 그때쯤엔 신기하게도 몸도 꽤 좋아져 있었다. 이것이 병원의 효과인가.

우선 약을 먹고 직장으로 향했다. 오늘은 만약을 위해 서류 업무만을 맡기로 하고, 그리고 어제 쉬어서 밀린 일을 그럭저럭 끝냈다.

그것만으로도 축 늘어져 버렸다. 감기 상태가 나아진 지 얼마 되지 않아서 무리는 하고 싶지 않았다.

"니시카와!"

그렇게 축 늘어진 나를 동료가 불러 세웠다. 손에는 뭔가 팔랑거리는… 종이를 들고 있었다.

"무슨 일이야?"

"기뻐하라구, 니시카와! 네 새 집을 찾았어!!"

그날 나를 '마돈나'로 데려갔던 동료는 나를 재워주지 못한 것에 미안함을 느끼고 있었는지, 집의 구조가 그려진 종이를 기세 좋게 내밀었다.

도심에서 급행이 서는 역으로 도보로 팔 분. 철근으로 된 팔 년된 건물. 1LDK, 팔 조 플러스 십 조(다다미 한 장의 너비), 집세는 육만 팔천 엔.

나쁘지 않다. 나쁘지 않은 물건이다. 이사를 고민하기 시작하자마자 이런 물건이 나오다니, 이건 뭔가 인연이라고밖에는 생각할 수 없다.

"고마워."

"응! 우선 이번 주말에 집을 보러 간다고 예약을 넣어뒀으니까, 몸은 힘들겠지만 가보고 와. 친구가 동거를 시작해서 이 집을 나오는 거라, 빨리 정보를 얻었어."

"그래, 고마워……. 그 친구에게도 고맙다고 전해줘."

난 집 구조가 그려진 종이를 가방에 넣고, 클리닉을 나왔다.

남은 건 어떻게 아즈마에게 이사에 대한 이야기를 꺼낼

까… 다.

지금까지 고마워라고, 제대로 웃으며 말 할 수 있을까.

역을 향해 터벅터벅 걷자, 탁탁 하는 하이힐 소리가 이쪽을 향해왔다.

아즈마의 하이힐 소리를 생각나게 한다.

"니시카와 선생님!"

돌아보자 카와키타 씨였다.

"카와키타 씨… 아, 맞다, 어제는 미안했어."

"니시카와 선생님, 괜찮으세요?"

옆에서 걸으며, 조금 걱정스러운 듯 고개를 갸웃거리는 그녀다.

즐비하게 늘어서 있는 술집의 반짝거리는 네온 장식 덕분에 역으로 향하는 길은 밝았다.

"응? 감기라면 괜찮아. 약을 먹고 잤어."

"그게 아니라… 그… 함께 살고 있는 사람…….."

카와키타 씨는 조금 말을 얼버무렸다.

"저… 어제 보고 말았어요. 그 사람이 여장을 하고 있는 것을."

"아, 그는… 그런 일을 하고 있어."

아즈마를 어떻게 표현하면 좋을지는 아직도 잘 모르겠다.

하지만 카와키타 씨가 그렇게 변모한 아즈마를 간파했다

는 것이 의외였다.

여자라는 건 이렇게 날카로운 것일까?

"게다가 굉장히 아름다웠어요. 왠지 저, 여자로서 져버렸다고 생각할 정도로."

"그, 그런 게 아냐! 카와키타 씨는 귀여워!"

확실히 캐서린일 때의 아즈마의 아름다움도 뛰어나지만, 카와키타 씨도 굉장히 귀엽다. 아무리 나라도 그 정도는 알고 있다.

"…니시카와 선생님, 보기보다 죄 많은 남자군요."

"에? 무, 무슨?!"

"의식하고 있지 않으니까, 더욱더 안 되는 거예요……. 니시카와 선생님, 그 사람과 함께 살고 있죠?"

"응… 응."

"니시카와 선생님, 그 사람 좋아하는 거죠?"

"에에? 그, 그게……."

"감추지 않아도 돼요."

카와키타 씨는 긴 속눈썹을 깜빡이더니, 눈을 아래로 내리깔았다.

"그런 건 알고 있어요……."

울 것 같은 카와키타 씨를 앞에 두고, 나는 어떻게 하면 좋을지 알 수가 없었다.

"하, 하지만, 나, 굉장히 미움 받는 것 같아서."

"그래요?"

"응……. 그래서… 이사하기로 했어."

카와키타 씨는 힘없이 웃고는, 그리고 입을 다물었다.

쭉 말을 하지 않은 채로, 나와 그녀는 서로 반대편 전철을 탔다.

다시 한 번 더 다른 사람에게 그런 말을 들으니, 정말 나는 아즈마를 좋아하는구나 하고 자각하게 된다.

그러니까 카와키타 씨와 이야기를 하고 있는데도, 아즈마에 대한 생각만을 했던 것이다.

"다녀왔어."

아즈마의 집으로 돌아가자, 집안은 예상대로 완전 어두웠다. 아마 세 시간은 푹 잤을 것이다.

저녁용 식재료를 냉장고에 넣고, 옷을 갈아입으러 침실로 향했다.

아즈마는 아직 자고 있는 듯했다.

땀이 밴 옷을 벗어버린 건지, 바닥에는 티셔츠와 짧은 바지가 뭉쳐져 있었다.

침대에서 먼 간접조명의 스위치를 켰다. 세탁물을 주워서 모은 후, 자고 있는 아즈마를 물끄러미 응시했다.

어둑어둑한 어둠 속에서도 아즈마는 아름답다. 편안하게

잠든 얼굴은 굉장히 순수해서 소년 같다.

어떻게 하면 그를 잊을 수가 있을까?

그런 게 가능하기는 할까?

이사를 하고, 거리를 두고, 이제 두 번 다시 만나지 않으면 언젠가 이런 기분도 옅어져 갈까?

이제 자는 모습을 보는 것도, 함께 밥을 먹는 것도, 엄마 같다고 웃어주는 일도 없을 것이다.

"어서 와."

눈을 뜬 아즈마가 그렇게 말했다.

"아즈마. 무리하지 말고 자."

목소리는 떨지 않았을까?

왠지 당장에라도 울 것만 같았다.

멋대로 사랑하고, 실연하고, 혼자서 애달파지고 있다. 이렇게 지긋한 나이인데도.

"니시카와 씨는 뭘 하고 있어?"

나는 침대의 가장자리에 걸터앉았다.

"아즈마, 할 말이 있어. 이런 때 말하는 것도 좀 이상하긴 하지만."

하지만 지금 말하지 않으면 분명 결심이 무뎌질 것이다.

나는 최대한 용기를 쥐어 짜내서 말했다.

목소리를 내는 것만으로도 빠듯하다.

"응? 뭐?"

"나… 이사하게 되었어……."

아즈마가 멍한 얼굴로 나를 바라봤다.

"……응?"

"조만간 이곳을 나갈 거야. 지금까지 폐를 끼쳐서 미안했어."

땀을 흘려 조금 무게가 더해진 아즈마의 머리카락에 손이 닿았다.

사실은 여기도 저기도 만지고 싶다. 아즈마의 감촉을 기억할 수 있도록.

한동안 잠자코 내가 하는 대로 있던 아즈마였지만, 순식간에 표정이 분명해졌다.

"…잖아, 그거! …아얏!!"

갑자기 아즈마가 일어나 내 눈앞에 별이 튀어 올라왔다.

"아얏!!"

어, 엄청난 박치기……!!

아즈마는 이마를 누르며 잠시 호흡을 정리하고는, 이쪽을 매섭게 노려봤다.

"왜 그러는 거야? 니시카와 씨."

"왜, 왜냐니. 폐잖아, 이런 건……."

"날 좋아하지 않았던 거야? 그때 그 말은 완전 거짓말이었던 거야?"

뜻밖의 힘이 멱살을 잡는다. 어떻게 하면 좋을까? 아즈마가 굉장히 화를 내고 있다.

이렇게 감정을 드러내는 아즈마는 처음 본다.

"조, 좋아해! 좋아하니까 나가겠다는 거잖아!"

"뭐? 뭐야, 그게?! 무슨 말이야!"

"그, 그러니까, 민폐잖아. 널 그런 눈으로 보는 남자와 같은 집에서 있는 건!"

아즈마의 목소리가 점점 커지고 있어서, 덩달아 내 목소리까지도 커져 가고 있다.

맺혀오는 눈물은 아픔 때문일까?

아즈마는 하아? 하는 표정을 짓고는, 단숨에 강한 어조로 계속 말을 이었다.

"니시카와 씨, 바보 아냐?! 나는 남자를 좋아하는 게이야! 지금까지 좋아한 녀석들도 죄다 남자인 데다, 그 남자가 나를 좋아해서 같이 산다고 해도 딱히 부자연스러운 게 아니잖아!"

아즈마는 그렇게 단언한 후, 놀란 듯 숨을 멈췄다.

"에?"

지금 아즈마가 한 말이 계속 머릿속을 빙빙 돈다.

잠깐만… 잘 이해가 되지 않는다.

혹시 아즈마가 날 좋아한다고 한 건가??

11화
손가락으로는 부족해

　"니시카와 씨, 바보 아냐?! 나는 남자를 좋아하는 게이야! 지금까지 좋아한 녀석들도 죄다 남자인 데다, 그 남자가 나를 좋아해서 같이 산다고 해도 딱히 부자연스러운 게 아니잖아!"

　단숨에 말을 내뱉고 나니, 가슴의 답답함이 풀린 것 같은 기분이 되었다.

　흐트러진 숨을 삼키고 정리했다.

　머리에 몰렸던 피가 탁하고 내려가자, 나는 정신이 들기 시작했다. 취기에서 깨는 듯한 이 순간이 가장 싫다.

　말해 버리고 말았다.

말할 생각 같은 건 없었는데.

이건 고백한 것이나 마찬가지일 것이다.

아니, 니시카와 씨는 무딘 것 같으니, 괜찮을지도…….

……안 괜찮군. 꽤 결정적이었던 모양이다. 지금의 말이.

화악하고 얼굴이 붉어지는 것이 느껴진다.

"에, 으, 아즈마?"

어라, 니시카와 씨도 얼굴이 새빨갛다.

새빨개져서 서로 바라보고만 있다니, 중학생이냐?

"…그러니까, 전혀 부자연스러운 일이 아니라고. 나에게
는."

이제 뒤로 물러날 수가 없어, 한층 더 니시카와 씨를 노려
보았다.

"아즈마, 그거, 나를 좋아한다…… 고 말하는 거야?"

억……!

알고 있다면 묻지 말라고! 이 바보야! 라고 때려눕힐 뻔했
다…….

상대가 니시카와 씨가 아니었다면 했을지도 모른다.

"그, 그건, 그……."

"아니, 미안. 왠지 그게… 쑥스러워서."

그건 어디로 보나 내가 할 대사 같은데.

"하지만, 니시카와 씨, 딱히 날 그렇게까지 좋아하는 건 아

니잖아."

"조, 좋아해!"

벌떡 상반신을 내밀고, 니시카와 씨가 말했다.

"······정말로?"

"정말로."

당장에라도 손을 잡을 것 같은 기세다. 니시카와 씨가 거
짓말을 할 사람이 아니란 건 알고 있지만, 이런 장면에서는
괜히 놀려주고 싶은 맘이 되는 것이 나의 나쁜 성격이랄까.

"그래, 잘됐네. 아, 이제 졸음이 와서 한계야. 잘 자. 니시
카와 씨."

여기서 나의 체력은 툭 끊어졌다.

"아, 아즈마?!"

침대로 쓰러지면서, 나는 니시카와 씨의 필사적인 얼굴을
보았다.

아아, 오늘 밤은 좋은 꿈을 꿀 수 있을 것 같다. 행복함을
느끼며 눈을 감았다.

하지만 다시 눈을 떴을 때,

눈앞에 니시카와 씨가 없어서 나는 나도 모르게 혀를 찼
다.

기지개를 켜자, 꽤 몸이 좋아진 것을 알 수 있었다.

베란다에는 이렇게 이른 아침인데도 빨래가 가득 널려 있

었다.

"마른 건가……?"

팔랑팔랑거리며 아침 해에 흔들리는 빨래를 보며 식탁으로 향했다.

메모지 한 장에 니시카와 씨의 착실해 보이는 글자가 적혀 있다.

『우동이니까, 장국을 따뜻하게 데워서 먹으세요.』

정중한 일러스트로 해설까지 그려져 있어서, 한바탕 웃어 버렸다.

"아~ 니시카와 씨는 참 재밌는 사람이라니까."

웃은 후, 일러스트대로 냄비에 불을 붙이고 국물을 데웠다. 우동은 이미 삶아져, 맛있어 보이는 지단과 함께 사발에 담겨 있었다.

"환기 팬……."

간장의 좋은 냄새가 가득한 근처에서 나는 스위치를 찾았다.

『좋은 냄새가 나기 시작하면 부글부글 하기 전에 사발에 따른다.』

라고 써져 있어서 그 말대로 했다.

계란을 깨 넣으면, 완성이다.

"아~ 역시 니시카와 씨의 요리는 맛있어."

나는 한동안 그 맛에 만족하면서, 휴대전화로 마돈나 마마에게 출근 연락을 전했다.

다시 한숨 자기 전에 니시카와 씨에게 문자라도 보내야겠다고 생각했지만, 좋은 문장이 떠오르지 않는다.

사무적인 메시지라면 잘 두드릴 수 있는데.

아, 오랜만이다. 이런 느낌.

사랑을 한다는 게 이런 느낌이었던가.

"……관두자."

하고 싶은 말은 직접 보고 말로 하면 되겠지.

그렇게 눕긴 했지만, 좀처럼 잠들지 못했다.

당연한 일이다. 몸이 건강해졌으니까, 잠들 수 있을 리가 없다.

"니시카와 씨."

이름을 부르자, 곧 니시카와 씨로 머리가 가득 찼다.

웃는 얼굴이라든가, 곤란한 얼굴이라든가, 처음 니시카와 씨를 데려왔을 때의, 느꼈던 얼굴이라든가.

"웃……."

…왠지 흥분했다.

큰일 났다. 게다가 서버렸다.

최근엔 몇 년이나 손님과 할 때 이외엔 발기 같은 건 하지 않았는데.

'최근… 하지 않아서 그런가…….'

쭈뼛쭈뼛, 자신의 물건으로 손을 뻗었다. 딱딱하게 굳은 그것은, 마치 내 것이 아닌 것 같았다.

언제나 타인의 것만 보거나 만지거나 했으니까.

"아웃……."

손끝이 선단에 닿는 것만으로도 느껴 버린다.

손님들은 모두 기본적으로 만지는 방식이 난폭하거나, 서투른 경우에는 만지지 않는 경우도 있었다.

하지만 아마도 니시카와 씨라면 다를 것이다.

만약 니시카와 씨라면, 어떤 느낌으로 만져 줄까?

그 성격이라면, 아마 굉장히 부드럽게 해줄 것이다.

남자와 하는 게 처음이라고도 했으니 서툴기도 할 거고, 이런 것에도 익숙지 않을 것이다.

그러니 분명 만지는 방법도 어색할 것이다.

…이런 식으로.

"하아… 하아… 하아……."

상상 속에서, 니시카와 씨의 의외로 아름다운 손가락이 내 것을 휘감아온다 그 손놀림을 흉내 내면서 부드럽게 쥐어보았다.

부풀어 오른 그것이 손바닥에 문질러져서는 움찔움찔 튀고 있다.

"아아… 아웃……."

멋대로 엉덩이가 단단히 조여지는 것을 느끼고, 꽉 눈을 감는다.

손안에서 쓰윽쓰윽 하는 소리가 나기 시작하고, 미끈미끈 젖어가는 그 감촉에조차 나는 상상하고 만다.

내가 흘린 것이, 아무것도 모르는 그의 손가락을 더럽히는 장면을.

니시카와 씨, 내가 정말 좋다면 그래도 된다고 말해줘.

내가 좋아하는 거랑 니시카와 씨가 좋아하는 건, 정말 같은 거야?

만약 그렇다면…….

"하아… 아…웃……."

더러워진 손가락을 할짝 핥았다.

가고 싶어서 움찔대는 그것을 이제 다른 손으로 쥔다.

그리고 젖어서 끈적한 손가락 세 개를 모아, 한 번에 '뒤쪽'에 밀어 넣었다.

"웃… 하, 아… 하아웃!!"

떨리는 그곳이 전해진 이물감을 먹어간다.

달콤한 충격으로 온몸이 튀어 오른다.

나도 모르게 꽉 쥔 물건에서, 뜨겁고 하얀 액체가 흠씬 새어나온다.

'니시카… 아웃… 니시카와… 씨……!!'

핫, 하앗 하고 숨을 토하며, 그곳을 찾는 듯 손가락을 구부린다.

눈물로 시야가 희미해져 간다.

나를 휘젓는 이 손가락이 니시카와 씨의 것이라면 좋을 텐데.

니시카와 씨도, 나에게 이렇게 하고 싶다고 생각해 준다면 좋을 텐데.

그렇게 생각하는 것만으로도 괴롭다. 하지만 이런 자신이 더러울지도 모른다고, 어딘가에서 그런 생각을 하며 무서워하는 내가 있다.

"조, 좋아… 아웃……!!"

외설스러운 소리를 내는 손가락은, 가장 좋은 곳에는 닿지 않는다.

안타깝고 초조함만이 점점 커져갔다.

"좋… 좋아, 니시카와 씨……."

앞을 잡은 손바닥의 압박감으로 나는 느릿느릿 도달해 버리곤, 칠칠치 못하게 액을 흘려 버렸다.

"하아……"

뒤가 움찔움찔거리고, 갈 곳 없는 욕망이 계속 넘쳐 아직 하늘을 가리키는 내 자신에게서 흘러내린다.

내 체액이 니시카와 씨가 씻어준 시트를 더럽히지 않도록, 티슈로 조심히 닦아냈다.

티슈를 뭉쳐서 휴지통으로 던져 넣고는, 한숨을 쉬었다.

니시카와 씨, 오늘 몇 시에 돌아올까?

거울 안의 내가 캐서린으로 변해간다.

파운데이션으로 피부를 만들고, 아이섀도로 눈가를 화려하게 하고, 화려한 색의 립스틱을 바른다.

금발의 가발을 쓰자, 캐서린이 완성되었다.

"정말 여자 같아, 나."

좀 좋은 일이 생기니 화장까지 잘 먹는 건가?

하아… 뭐, 됐어.

출근해 볼까나.

현관에서 구두를 신고 나가려 하자, 때마침 니시카와 씨가 돌아왔다.

"어라? 아즈마. 벌써 출근 시간인가?"

"니시카와 씨, 지금은 캐서린이야."

니시카와 씨는 조금 어리둥절한 얼굴로 고개를 갸웃거렸지만, 곧바로 빙긋 웃는 얼굴이 되었다.

"그런가. 잘 다녀와. 캐서린."

"응, 다녀올게."

"아, 맞다. 나 내일하고 모레, 휴가야."

"알았어. 니시카와 씨."

우리들은 서로를 바라보았다.

순간 거기서 키스라도 하지 않을까 하는 분위기가 흘렀다.

하지만, 그런 일은 없었다. 뭐, 니시카와 씨니 어쩔 수 없는 일이다. 난 웃음을 남겨놓고 집을 나왔다.

＊　　　＊　　　＊

급료일 후의 금요일 밤부터 『마돈나』는 엄청 바쁘다.

가게도 북적거리고, 손님도 많다. 단골손님도 오는 데다 정말 뭔가를 생각할 짬이 없을 정도로 분주해진다.

새벽까지 빙글빙글 춤을 추고, 흐물흐물해진 상태로 집으로 돌아간다.

집안은 깜깜하고, 조용하다. 귀가가 좀 늦어지긴 했지만 니시카와 씨는 오늘 일요일이 휴일이라고 했으니, 아마 아직 자고 있을 것이다.

드레스를 벗고 샤워를 하고, 침실로 돌아갔다.

상상대로 니시카와 씨는 편안한 숨소리를 내면서 자고 있었다.

정말로 정직하고 고지식한 사람이다.

혼자서 자는 건데도, 침대 한쪽이 비워져 있다.

니시카와 씨의 미묘한 배려에 조금 웃어버린 후, 비어 있는 곳에 누웠다.

조용한 숨소리에 나까지 잠자고 싶어졌다.

몸을 뒤척이고 니시카와 씨의 얼굴을 보았다.

눈을 감은 얼굴, 콧날은 서 있고, 자세히 보면 가지런히 정리되어 있다. 꽃미남이라고 말해도 좋다.

그 귀여운 여자아이가 반할 정도이다.

나도 모르게 손을 뻗어 그의 얼굴 윤곽을 만졌다.

피부가 매끈매끈해서 조금 놀랐다.

나처럼 매일 스킨이나 로션 같은 화장품을 바르거나 뭔가 피부 상태를 관리하고 있는 것도 아닐 텐데, 조금 분하다.

일어날 기색이 없어 사양않고 계속 만졌다.

'으읏.'

조금 움직인 그의 손가락이 내 무릎에 닿았다. 자신과는 다른 체온에 놀라, 몸이 굳어져 버렸다.

여러 가지를 해왔다고 생각하고, 또 실제로 여러 가지를 해왔지만, 니시카와 씨와는 처음인 것들이 많아 왠지 망설여졌다.

"…잘 자. 니시카와 씨."

얼굴만 만지는 것도 질리니까, 빨리 자기로 했다.

그대로 눈을 감으려고 하는데, 돌연 손이 꽉 잡혔다.

"뭐, 뭐야?!"

깜짝 놀라 눈을 뜨자, 내 손을 잡은 것은 니시카와 씨였다.
당연한 일이지만.

"좋, 좋은 아침. 아즈마……."

내 손을 잡은 니시카와 씨는 조금 서먹하다는 듯이, 졸린
목소리로 말했다.

"니, 니시카와 씨, 일어났었어?"

"으,응. 꽤 전부터……."

"일어났으면 말해줬으면 좋았을 텐데."

왠지 좀 전의 행동이 생각나 부끄러워졌다.

"왠, 왠지 부끄러워서 일어날 수가 없어서……."

"흠……."

"근데, 아즈마가 이대로 잘 것 같아서… 좀 쓸쓸해서."

부드럽게 뺨을 쓰다듬는다.

"아즈마, 나와 사귀어줘."

"…어, 어?"

"어제는 좋아한다는 말뿐이었어. 정식으로 사귀어달라는
부탁은 하지 않았으니."

"그, 그런가."

나는 그런 니시카와 씨의 말을 들으며, 미나미다에게 고백했을 때의 일이 생각났다.

그때의 나는 좋아한다는 말을 전하는 것이 고작이었다. 사귄다든가, 그런 것은 전혀 생각지 않았었다.

"대답은? 아즈마."

니시카와 씨의 상냥한 눈이 나를 보고 있다.

"나야말로… 잘 부탁해."

어떤 표현이 좋을지 알 수 없을 만큼, 부끄럽다. 뭘까, 이게.

"다, 다행이다아."

니시카와 씨의 얼굴이 흐트러졌다.

피식.

안 되는데 웃음을 참을 수가 없다.

니시카와 씨는 정말 표정이 잘 변한다.

"왜, 왜 웃는 거야, 아즈마."

"그렇게 긴장한 거야?"

"그거야, 거절당하면 어쩌지… 하는 생각 때문에……."

불안과 안심이 니시카와 씨의 눈동자에 뒤섞이고 있다.

그것을 들여다보면서, 이번에는 내가 그의 뺨을 쓰다듬었다.

"내 쪽에서 그만큼 성대하게 고백을 해놓고, 사귀자는 말에 미안하다는 말은 하지 않아."

작은 목소리로 웃는 나를 니시카와 씨도 응시한다.

돌연 무릎에 닿아 있던 그의 손이 조금 움직였다.

손끝만이 살짝 내 허벅지 사이로 들어온다.

…흥분된다.

어제 막 뺐었는데.

"니시카와 씨, 왜……?"

"아, 미, 미안, 아즈마. 정말 미안……."

니시카와 씨는 깜짝 놀란 듯 황급히 나에게서 몸을 떼려고 했다.

나는 그것을 만류하며, 꽈악 니시카와 씨의 입술을 빼앗았다.

그리고 바싹 다가가서, 자신의 딱딱해지기 시작한 물건을 니시카와 씨의 허벅지에 댔다.

"웃……."

그의 아랫입술을 핥고, 천천히 입술의 감촉을 확인하듯 키스를 거듭하자, 대답하듯이 니시카와 씨의 혀가 입안으로 들어왔다.

기분이 좋다.

쪽쪽거리는 소리가 울리고, 의식이 어딘가로 날아갈 것만

같다.

넉넉하게 이십 초 정도의 키스를 한 후, 겨우 입술이 떨어져 갔다.

니시카와 씨의 눈이 흥분으로 촉촉해져 있다.

분명, 나와 똑같다는 듯이.

다행이다.

니시카와 씨도 나와 똑같이 하고 싶다고 생각해 주었다.

"저기, 나도 이렇게 되어 있어. 그러니 니시카와 씨는 조용히 나를 안으면 돼. 알겠지?"

그렇게 말하자, 니시카와 씨는 나를 침대로 누르고는 마운트포지션을 취했다.

"아즈마, 사람을 그렇게 부추기지 말아줘……."

12화
소중하니까, 소중하게

위를 보고 누워 있는 아즈마가 조용히 나를 응시하고 있다

여성과 한 경험은 있지만, 남성과는 처음이다.

쓰러뜨린 것까지는 좋았지만, 이제부터 어떻게 하는지는 전혀 모르겠다!!

긴장으로 눈이 빙빙 돌 것만 같다.

"니시카와 씨."

촉촉한 눈으로 이쪽을 봐주는 아즈마를, 지금 솔직히 끌어안고 싶다.

이미 서버린 데다가, 가능하다면 넣는다든가 그런 걸 하고 싶지만.

벗겨도 될까라든가, 그럼 위아래 어느 쪽부터 해야 하지? 같은 그런 이상한 생각만이 머릿속을 빙빙 돈다.

이럴 때 정도는 멋지게 결정하고 싶은데, 그를 어떻게 만지면 좋을까조차도 모르겠다.

"니시카와 씨, 하는 방법 몰라?"

"미, 미안, 아즈마."

"처음이니까."

영차, 하고 소리를 내며 아즈마가 상반신을 일으켰다.

"우선 옷을 벗자, 니시카와 씨."

아즈마는 입고 있던 티셔츠를 짠하고 벗고는 상반신이 알몸이 되었다.

매끈매끈한 아즈마의 몸이 드러났다. 오싹오싹하다.

"자, 니시카와 씨도."

재촉받아 나도 옷을 벗었다.

알몸이 된 상반신으로 서로를 바라보았다.

아즈마의 가는 팔이 이쪽으로 뻗어오고, 손바닥이 내 뺨을 쓰다듬었다.

"니시카와 씨, 귀여워. 키스해도 돼?"

아즈마의 얼굴이 살짝 가까이로 다가왔다.

나도 모르게 눈을 감았다.

좀 전에 한 키스와는 조금 다른, 쪽쪽하고 새가 쪼는 듯한

키스가 반복된다.

가까이 다가온 아즈마의 몸을 끌어안자, 보이는 것처럼 매끈매끈한 몸이었다.

숨을 쉬기가 어렵다.

그건 키스 때문이 아니다.

그대로 침대로 쓰러져 계속 키스를 한다.

아즈마의 바지를 벗기고, 내 바지도 벗는다.

아즈마의 손이 내 물건에 닿고, 손가락이 얽히기 시작한다.

"아즈마."

"니시카와 씨도 가능하면 내 걸 만져 줘."

내 어깨에 턱을 올리고, 귓가에서 속삭이는 아즈마의 목소리가 뜨겁다.

자신의 숨도 상당히 올라가고 있는 것을 알 수 있었다.

슬쩍 아즈마의 그곳을 만지자, 뜨거운 열기를 지니고 있었다.

"아웃, 으……."

아즈마의 목소리가 떨려왔다. 나도 마찬가지다.

"아즈마, 기분 좋아."

"니시카와 씨, 나도… 엄청 기분 좋아."

아즈마의 가쁜 숨 사이로, 웃는 듯한 목소리가 섞여 있다.

손가락 감촉이 굉장히 기분 좋다. 그의 몸은 뜨겁지만, 손가락만은 차갑게 느껴졌다.

"웃… 아즈마. 이제 갈 것 같은데…….''

"응… 나도… 니시카와 씨."

머릿속이 혼란스러워서, 하얀 액을 쏟아낸 것이 내 것인지 아즈마의 것인지 알 수가 없었다.

우리들은 거의 동시에 사정을 하고, 달라붙었던 몸을 풀었다.

어느새 아침 해가 방 가운데로 비쳐 들어왔다.

사정 후의 허탈감이 덮쳐왔다. 하지만 결코 나쁜 기분은 아니었다.

"니시카와 씨, 여기."

아즈마가 티슈를 뽑아 나에게 건넸다.

"아즈마… 굉장히 기분이 좋았어."

부끄러워 방긋 웃자, 아즈마가 화악 하고 얼굴을 붉혔다.

"니시카와 씨, 괜찮으니까 손 닦아."

"아, 응. 그, 그렇지."

쥐고 있던 티슈에 묻은 아즈마의 얼룩.

조금 호기심이 솟아나, 손에 남은 것을 핥았다. 아즈마가 놀라 허둥대며 나를 말렸다.

"잠깐! 니시카와 씨, 그거, 더러워!"

"응? 괜찮아. 정액은 주로 단백질로 되어 있으니까."

"……몰랐네. 니시카와 씨, 꽤 변태였구나."

…확실히 조금 변태적이었던 건지도 모른다. 하지만 아즈마의 것이라고 생각하면, 더럽다든가 그런 기분은 전혀 생기지 않는다.

아즈마가 삐죽 입술을 세우며 노려본다.

아, 위험해. 뭔가 불끈불끈거린다.

"아즈마."

그대로 그를 쓰러뜨리고, 반쯤 서버린 성기를 눌렀다.

"무슨, 니시카와 씨……."

"아즈마, 뭐라고 할까, 그… 넣고 싶어."

이른 아침부터 이런 말을 하는 것도 어떻게 되어버린 것 같다 생각하지만, 내 말에 아즈마가 큰 눈을 동그랗게 떴다.

"…진짜야?"

"진짜야."

"무리하지 않아도 된다고, 니시카와 씨는 이런 거 처음이잖아. 기분이 나빠질지도……. 도대체 어디로 넣는지… 알고 있는 거야?"

아즈마는 그렇게 말하고는 눈가에 조금 눈물이 맺히는 것 같았다.

아아, 귀엽다든가 그런 생각을 하면서, 엄지손가락 안쪽으로 넘칠 것 같은 눈물을 닦았다.

"기분이 나쁘다든가, 그런 생각할 리가 없잖아!"

나도 모르게 목소리가 조금 커졌다.

검은 두 눈을 들여다보자, 아즈마도 지그시 응시해 온다.

그의 눈 안에, 내가 있다.

문득 아즈마가 부끄러운 듯이 시선을 피했다.

"알았어……. 준비하는 데 시간이 조금 걸리는데… 괜찮아?"

아즈마는 끄덕이는 내 손을 놓고는, 가방을 뒤져 뭔가 기구를 꺼낸 뒤 욕실 쪽으로 향했다.

날아오를 듯한 기분이 된 나는, 실제로 기다린 시간이 삼십 분이었는지 오 분이었는지도 잘 알 수가 없었다.

침실 문을 슬며시 열고, 아즈마가 돌아왔다.

뭘 하고 왔는지는 알 수가 없지만, 조금 긴장한 듯이 입술을 다물고 있다.

그 얼굴을 보자 '아즈마도 나와 야한 일을 하고 싶어 한다', '준비해 주었다' 라는 실감이 솟아올랐다.

말없이 그대로 침대의 가장자리로 앉은 그를 뒤에서 끌어안았다. 흠칫하고 떠는 아즈마.

"어, 저기, 니시카와 씨. 무리라면 정말 괜찮으니까, 무리하지 않아도 돼……."

좀 전과 비슷한 말을 하는 아즈마의 입술을 키스로 막고, 천천히 넘어뜨렸다.

"무리일 리가 없잖아. 이렇게 애를 태우다니, 이제 참을 수가 없는데."

아즈마의 손을 살짝 내 물건으로 이끌었다.

아즈마의 눈이 조금 황홀해진 것을 알 수 있었다.

"딱딱해……."

"처음이니까, 한 번 가르쳐 줘."

내가 그렇게 말하고 주도권을 아즈마에게 건네자, 아즈마는 조금 안심이 되는 것 같았다.

헤헤, 하고 웃는 아즈마.

언제나 확실한 표정으로 웃는데, 이런 때만 그런 얼굴을 하다니 비겁하다.

"니시카와 씨, 로션 발라."

아즈마가 머뭇거리며 그렇게 말하자, 나는 기꺼이 아즈마의 말대로 했다.

로션이 있는 곳은 침대 밑. 청소할 때 몇 번이나 본 적이 있어서 잘 알고 있다.

여기서부터는 듣지 않아도 왠지 알 것만 같았다.

쥔 로션 병은 아침 공기로 차가워져 있었다.

내용물을 일단 자신의 손에 꺼내어 조금 따뜻하게 데우고는, 아즈마의… 그 부분으로 살짝 손가락을 뻗었다.

"읏……."

숨을 흘리고 몸을 경직시킨 아즈마에게 조금 당황해 버렸다.

"차, 차가워?"

"저, 전혀……. 니시카와 씨."

아즈마가 자신의 눈을 감추려는 듯 팔로 얼굴을 덮었다.

"좀 더 거칠게… 해주는 게 좋아."

"에… 왜……?"

"그, 그렇게 자상한 손놀림에는 익숙지 않아서……."

"그리고?"

"왠지 부끄러워서……."

작은 목소리로 그렇게 말하고는 얼굴을 돌린다.

강한 척 하지만 희미하게 떨리는 그 입술.

아즈마가 마치 상처입고 겁먹은 작은 동물처럼 보였다.

"…아즈마. 나는 소중한 사람은 소중히 다뤄."

나는 이렇게나 아즈마가 좋은데(그래, 아즈마의 몸이라면 어디를 핥는다 해도 저항이 없을 정도다), 잘 전해지지가 않는 것 같다.

"그, 그런 걸 말하는 게 아니라… 아웃."

천천히 손가락을 입구에서 부드럽게, 그것을 서서히 깊게 움직여 간다.

"아프면 말해줘."

"그런 게 아니라, 간지러울… 뿐… 아웃."

아즈마가 아프지 않도록, 가능한 한 살며시, 부드럽게 만진다.

"조금씩, 손가락 넣고 있어……."

"애가 타… 아웃."

천천히 그의 안을 맛보듯이 집게손가락을 넣어간다.

내부가 넓혀져 간다.

아즈마의 안은 따뜻하고, 뭔가를 원하듯 꿈틀거렸다.

나는 조심스럽게 아즈마의 안쪽 점막을 만졌다.

빙그르르 손가락을 움직이고, 피스톤 운동을 하고, 아즈마의 반응을 봤다.

아즈마의 중심이 반응을 해오고, 숨도 서서히 격해지는 것이 보였다.

"아즈마, 괜찮아?"

"니시카와 씨… 끈적끈적해……. 아웃… 좀 더……."

부드러워진 입구를 덧그리며 손가락의 수를 늘렸다.

두 개로 하자 아즈마가 한층 더 안에 힘을 넣어버려서, 한 개일 때보다 더욱더 조여왔다.

아즈마를 아프게 하지 않도록, 로션을 넉넉히 흘리며 휘저었다.

아즈마의 목소리가 점점 새된 목소리가, 날카로운 목소리가 되어간다.

"아즈마, 아파?"

"아, 아냐… 그런 게 아니라⋯⋯."

얼굴을 새빨갛게 하며 이쪽을 노려보는 아즈마.

하지만 그것에 반해, 사랑스럽게 내 손가락을 쥐어오는 내벽.

"왜, 아즈마? 말해주지 않으면, 몰라⋯⋯."

로션이 질척한 소리를 내자, 아즈마가 한층 더 외설적인 비명을 질렀다

"응⋯ 아아!! 아웃⋯ 이제⋯ 안 돼⋯ 니시카와 씨⋯⋯."

"응?"

"넣어줘, 넣어줘⋯⋯. 니시카와 씨⋯⋯."

눈을 감으며, 사라질 것처럼 아즈마가 말했다.

이제 나도 참을 수가 없다.

"알았어. 바로 콘돔 낄 테니까 기다려 줘."

침대 밑에 놓아두었던 상자 안에서 콘돔을 집었다.

조급해지는 마음을 억누르며, 흥분한 자신의 물건에 간신히 장착했다.

아즈마는 스스로 무릎의 뒷부분을 들어, 내가 넣기 쉬운

자세를 만들어주었다.

그러자, 아즈마의 움찔움찔하는 그곳이 전부 보여서 나도 모르게 침을 삼켜 버렸다.

이곳으로, 들어간다.

콘돔 위로 다시 한 번 더 로션을 발랐다. 최대한 아즈마에게 부담이 되지 않도록 세심한 주의를 기울이면서, 풀어진 그의 구멍에 꽉 눌러 붙였다.

"니시카와 씨… 빨리……."

앞부분을 살며시 담그자, 현기증이 날 정도로 기분이 좋았다.

"아, 하아… 웃……!!"

아즈마가 몸부림을 친다.

천천히 들어갈 생각이었는데, 로션 때문에 미끄러짐이 좋아서인지 바로 뿌리까지 잠입하고 말았다.

꽉 하고 조여오는 느낌이 굉장하다. 내 물건이 아즈마에게 먹혀 버렸다고 생각될 정도였다.

"미, 미안. 전부 한 번에 삽입해 버렸어……."

"괜찮으니까, 빨리 움직여 줘. 니시카와 씨."

위에서 아즈마를 안자, 아즈마는 자신의 다리를 안았던 손을 떼어, 내 목을 끌어안아 왔다.

천천히, 천천히 허리를 움직인다. 아즈마의 안은 정말 기분이 좋아서, 바로 가버릴 것만 같다.

"아즈마의 안… 굉장히 좋아."

내가 그렇게 말하자, 아즈마는 꽉 눈을 감았다.

"니시카와 씨, 읏, 하아읏……."

움직임에 맞춰가며 공기를 구하는 것처럼 아즈마가 헐떡였다.

"아즈마."

"유헤이라고 불러줘."

필사적인 목소리.

참을 수 없는 기분이 된다.

천천히 할 생각이었는데 리듬이 점점 빨라져서, 바보처럼 그의 이름을 되풀이해 버렸다.

"유헤이, 유후헤이……."

"니시카와 씨, 읏……."

"나도, 히로시라고 불러줘."

완전히 여유가 없어진 나는, 그의 입술에 맹렬히 달라붙으며 말했다.

"히로시……."

유헤이는 소중하다는 듯 내 머리를 안고는 꽈악 안을 조여왔다.

"히로시, 좋아해."

"나도 좋아해. 사랑해."

이런 때에 말 같은 건 아무런 의미도 없다고 생각했는데,
유헤이의 목소리는 단숨에 나를 절정으로 몰아넣었다.

13화
쾌감보다 원하는 것은

내 위에 올라 있는 니시카와 씨가 숨을 정리한다.

뜨거운 숨이 목덜미로 닿는다. 서로를 안은 채로 우리는 한동안 그렇게 있었다.

꽈악 니시카와 씨를 안아 따뜻한 피부를 느꼈다.

니시카와 씨의 체중도, 보기보다 의외로 늠름한 몸도, 전부 다 좋다.

질끈 눈을 감는다. 나, 이 사람과 맺어졌다.

햇빛에 잘 말라 보송보송한 시트보다 훨씬 좋았다.

그런 시트가 기분이 좋다고 생각한 것도, 니시카와 씨가 오고 나서부터지만.

"미안, 유헤이, 뺄게."

스윽 하고, 니시카와 씨가 빠져나가는 걸 느꼈다.

"웃…….."

좀 전에 금방 뺐는데도, 또다시 하고 싶어지다니 내 몸은 한심하다.

…전에는 그렇게 생각했다.

하지만 지금은 그런 식으로 생각되지 않는다. 그러니까 나는 쾌감이 아니라, 니시카와 씨를 원하는 것이니까.

질퍽질퍽 열이 쌓이기 시작하고, 자신의 몸을 컨트롤할 수가 없어졌다.

나도 모르게 쓴웃음을 짓자, 니시카와 씨가 슬며시 내 얼굴을 어루만져 주었다.

간질간질한 기분이라 찌릿찌릿거린다.

"유헤이?"

"니시카와 씨, 한 번 더 하자……. 미안, 원하기만 해서."

그렇게 말하고 그에게 손을 뻗자, 꽈악 하고 그가 그 손을 잡았다.

진지한 눈이 나를 보고 있다.

"그거야 유헤이가 괜찮다면 하고 싶지만, 괜찮아? 피곤하지 않아?"

"괜찮아……."

아아, 빨리 안고 싶다. 니시카와 씨의 필사적인 얼굴이 보고 싶다.

느낄 때의 목소리가 듣고 싶다.

손을 살며시 니시카와 씨의 그곳으로 뻗어, 손끝으로 만져봤다.

"뜨거워……."

그렇게 중얼거리자, 니시카와 씨가 강하게 나의 입술을 덮친다. 더 이상 참을 수 없다는 듯이.

아랫입술을 삼킬 듯이 음미하고, 그의 부드러운 혀가 내 입안으로 들어온다.

"읏……."

숨을 잘 쉴 수 없어서 괴롭다.

니시카와 씨는 살며시 내 손가락에 손가락을 휘감고, 그대로 부드럽게 나를 쓰러뜨렸다.

겨우 그의 입술이 떠나갔지만, 완전히 그에게 지배당하고 있는 듯했다.

숨을 쉬는 방법 같은 것조차 머리가 빙글빙글거려서 아무것도 생각할 수가 없다.

"니시카와 씨……."

"이름으로 불러줘… 말했잖아."

눈을 가늘게 하고 상냥한 표정을 짓는 니시카와 씨, 아니,

히로시.

지금까지 실컷 니시카와 씨라고 불렀는데 이제 와서 부르는 방법을 바꾸자니 왠지 조금 멋쩍다.

"…히로시."

"왜?"

히로시는 조금 흥분한 듯한 얼굴로 나를 바라봤다.

"아무것도 아냐. 불러본 것 뿐이… 웃."

다시 입술이 다가와서, 일순 숨이 막혔다.

스윽 하고 타액이 휘감기는 소리가 났다. 머릿속이 어지럽다. 이런 적은 처음이다.

"유헤이, 만질게."

히로시가 내 하반신에 손을 뻗어 살며시 만진다.

"아웃."

"뜨거워."

부드러운 목소리가 귀를 울려, 나는 나도 모르게 눈을 감았다.

모든 게 다 기분이 좋다. 젠장!!

되돌려 주려고 나도 히로시의 가랑이 사이로 손을 뻗어보니, 그곳은 딱딱하게 굳어 자기주장을 하고 있었다.

"히로시, 굉장히 삐걱거리고 있어……."

뜨거운 숨을 감추려고도 하지 않을 만큼 흥분한 히로시가 왠지 귀여워져서, 나는 천천히 그것을 훑기 시작했다.

"유, 유헤이, 그거 위험해, 정말⋯⋯."

끈적끈적한 투명한 액체가 끝에서 흘러나와, 꾸욱꾸욱 야한 소리가 울린다.

좀 전부터 기분이 좋은 건지, 내 것을 잡은 채 떨고 있다.

"응? 위험하다니? 뭐가 위험해, 히로시?"

주도권이 돌아왔다고 생각하지 않은 건 아니지만, 그런 사소한 것 따윈 어찌 되어도 좋다.

단지 히로시가 귀여워서 더 이상 참을 수가 없었다.

"넣고 싶어."

나를 응시하는 눈동자가 흥분으로 빛나고 있어 오싹오싹거린다.

"⋯좋아, 넣어도."

나는 그를 쓰러뜨리고 올라탔다.

그리고 그의 긴장한 그곳을 잡고, 내 입구로 가져다 대었다.

"히로시는 가만히 있어줘."

거드름을 피우듯이 천천히 허리를 내린다. 푹 하고 히로시의 큰 물건이 내 안으로 침입해 오는 것을 알 수 있었다.

"후, 아⋯ 아웃⋯⋯."

나도 모르게 소리가 흘러나왔다.

히로시는 조용히 내 손을 잡아주었다.

그 상기된 얼굴이 야해서, 무심코 꿀꺽 목을 울려 버렸다.

"움직여 줘… 히로시……."

허리를 움직여서 히로시의 물건을 깊이 물었다. 기분 좋은 곳에 대고, 빙글빙글 그곳을 눌렀다.

"아아, 아웃, 웃."

내 몸의 탐욕이 상기돼서, 조금 떳떳치 못한 기분이 들었다. 하지만 히로시가 기분 좋은 듯 눈을 찌푸려서, 지금은 그 사실만으로도 충분했다.

"하앗… 히로시, 굉장히 야한 얼굴이야."

생각해 보니 아침이다. 반짝반짝 부드러운 빛을 받아 히로시의 얼굴이 잘 보인다.

엉겁결에 잡고 있던 손을 풀고 그의 뺨을 만지자, 히로시가 꽉 하고 내 손을 잡아 가까이로 끌어당겼다.

그 여세로, 그의 가슴에 몸을 기대는 꼴이 되어버렸다.

"미안, 진하게 키스하고 싶어. 키스해도 돼?"

히로시가 그런 것을 물어와서, 순간 갑자기 제정신으로 돌아와 부끄러워지고 말았다.

"…그런 건 묻는 게 아냐."

쪽 하고 이마나 뺨, 귀에 쪼듯이 키스한 후, 입술에 입술이 닿았다.

좀 전까지는 끈적끈적한 키스만 했었는데, 이건 귀여운 키스다.

"후… 아웃… 좀 더……."

내가 조르자, 히로시는 질리지도 않는 듯 쪽, 쪽, 몇 번이나 해준다.

"기분 좋아, 유헤이, 기분 좋아."

"…나도, 히로시."

대답하듯이 안까지 한 번에 관통되어, 나는 무의식중에 절정으로 달해 버렸다.

히로시가 팔베개를 해준다고 한 것을, 부끄러워서 고집스럽게 거절하고는 샤워를 하러 갔다.

녹초가 된 몸을 이끌고 수도꼭지를 비틀었다. 분명 자신의 몸인데, 다른 사람으로 바뀐 것 같았다.

"아……."

좀 전까지의 일을 떠올리자 부끄러워져서 벽을 주먹으로 치고 싶어졌다.

샤워 후, 보송보송한 타월로 몸을 닦았다. 잠옷을 입고 침실로 돌아가자, 졸고 있던 히로시가 이쪽을 봤다.

"아, 이번엔 나네."

시트가 갈려 있다는 것을 뒤늦게 눈치챘다. 눕자 기분이 좋아졌다.

히로시, 정말 성실한 사람이네.

눈을 감자, 그대로 굉장한 기세로 졸음이 덮쳐왔다.

당연한 일이다. 꽤 움직였으니 말이다.

잠을 깼을 때 이 현실이 그대로라면 정말 좋을 텐데.

시끄러운 알람 소리에 눈이 떠졌다.

오후 다섯 시. 가게에 갈 준비를 해야 한다.

부엌에서 저녁 준비를 하는 소리가 들려와서 왠지 안심이 된다.

그곳에서 흘러나오는 좋은 냄새에 기분이 안정되지만, 안타깝게도 먹고 갈 수는 없다.

콧노래를 부르며 드레스를 입는다.

어중간한 모습으로 식탁을 향했다.

히로시가 부엌에서 끓인 국물의 맛을 보고 있었다.

"어라? 유헤이, 벌써 가는 거야?"

"응, 뭐."

"밥 필요 없어?"

"…돌아온 다음에 먹을게."

뒤에서 끌어안자, 위험하니까 불 가까이에서는 그런 거 하지 마, 라고 혼나 버렸다. 하지만 간을 볼 스푼에 맛있어 보이는 붉은색의 수프를 떠 내 입안까지 옮겨준다.

"마에스트로의 솜씨야."

입안에 넣자, 토마토의 산미와 몸에 좋을 것 같은 야채의 맛이 가득히 퍼진다.

"맛있어."

"고마워. 아, 나 내일은 일이니까."

"알았어."

나는 그렇게 말하고, 화장을 하러 화장대 앞에 앉았다.

기초를 바르고, 파운데이션을 하고, 아이섀도를 바르고 마스카라를 하고, 볼터치를 하고, 마지막으로 립스틱을 바른다.

그리고 가발을 쓰고, 캐서린이 된다.

"그럼, 갔다 올게."

히로시의 뺨에 키스를 하니, 정말 만화처럼 키스마크가 생겨 꽤 재미가 있었다.

"다녀와."

아~ 분명히 눈치채지 못했을 것이다. 눈치챘을 때 어떤 반응을 할지 보지 못 한다는 게 아깝다.

아파트를 나와 클럽으로 향했다. 평소처럼 일이다. 하지만 왠지 평소와는 다르다.

변한 것은 아마 나 자신뿐이겠지만.

"어서 오세……."

북적이는 가게 안에서, 입구 담당의 보이의 목소리가 일순 멈춰서 그쪽을 봤다.

―미나미다다.

　징그러운 느낌으로 히죽히죽거리고 있다. 분명 술에 취해
있는 게 틀림없다.

　스윽 하고 마돈나 마마가 보이의 앞으로 가서 빤히 미나미
다를 쳐다본 후, 가게에 들어오는 것을 거절하려는 듯 입을
열었다.

　"잠깐! 마마!"

　나는 결심하고 그것을 말렸다.

　마마와 보이와, 그리고 미나미다가 일제히 나를 바라봤다.

　"그 녀석은 내 손님이야."

　"캐서린……."

　마마가 걱정스러운 얼굴로 나를 봤지만, 괜찮다고 고개를
끄덕여 보였다.

　"자, 이쪽으로. 테이블을 준비해 뒀어."

　나는 그렇게 말하고, 미나미다를 안내해 가게 안쪽의 테이
블에 앉혔다.

　가게 매뉴얼대로 옆에 앉고, 술을 주문받고, 물수건을 건
넨다.

　미나미다가 얌전히 그것을 받아 손을 닦는다.

　걱정을 한 보이가 눈에 띄지 않게 테이블 가까이에서 대기
해 주고 있지만, 나는 보이에게 웃어 보일 정도의 여유까지

있었다.

그대로 한동안 아무 말도 없이 마신다.

북적북적한 가게 안의 대화가 단편적으로 귀에 들어오는 동안, 나와 미나미다는 서로 침묵했다.

그렇게 있자, 미나미다가 그 징그러운 표정을 무너뜨리지 않은 채 슬며시 내 허벅지로 손을 대어왔다.

나는 그 손을 탁 두드리고, 방긋 웃었다.

"마음대로 만지지 말아줘. 나, 의외로 비싸게 먹혀."

싱긋 웃으며 그렇게 말하자, 미나미다는 뭔가 겸연쩍은 표정을 지었다.

"자, 계속 술 마셔요. 미나미다 씨는 뭘 좋아해?"

"아즈마……."

"이곳은 그런 걸 하지 않아도 즐거운 가게야."

미나미다는 그 말에 침묵하고선, 술만 계속 마셨다.

그래, 클럽 마돈나는 즐거운 가게다.

오늘도 여기저기서 인생 상담이 차례차례 펼쳐지고 있다. 조금 색다르긴 하지만.

그 이후, 본래부터 있던 나의 단골손님은 격감했다.

이차를 나가지 않게 되었으니까.

지금까지 몸을 노리고 나에게 다가온 영감들과의 연을, 이렇게 간단히 끊을 수 있다는 사실에 스스로 놀랐을 정도였다.

하지만 내 스테이지는 여전히 호평이다.

신규 손님이 지명해 주거나 여자 손님도 붙어서, 그런대로 인기를 보전할 수 있었다.

"그러고 보니 최근, 아침 메시지가 오지 않았네."

하루는 히로시가 신경을 쓰듯 물어왔다. 둘이서 간만에 저녁밥을 먹고 있을 때였다.

"…그만뒀어. 그런 것. 그런 거 하지 않아도, 손님은 있으니까 괜찮아."

그렇게 말하자, 히로시의 얼굴이 화악하고 밝아졌다.

정말 알기 쉽다.

"그, 그래?"

아~ 그건 그렇고, 은대구가 이렇게 맛있는 음식인 줄은 몰랐다.

"나, 히로시와 있으면 살이 쪄버릴지도……."

"유헤이는 원래 너무 말랐어."

히로시는 그런 건 신경 쓰지 말라는 듯이 말했다. 하지만 나는 신경 쓰여! 그러니까!

"드레스가 들어가지 않게 될 거야……."

그래, 조금 운동이라도 할까 하고 내가 말하자, 히로시의 얼굴이 새빨개졌다.

"그쪽 운동이 아니라고!!"

참을 수 없어 웃어버렸다.

아, 나 요새 좀 행복한 거 아닌가?

14화
리벤지, 키스

자신의 **뺨**의 키스마크를 눈치챈 것은, 유혜이를 배웅하고, 식사의 뒷정리를 끝내고, 조금 빈둥빈둥한 후 욕실로 들어가 세면대에 섰을 때였다.

얼굴이 화악하고 달아오른다. 아니, 캐서린의 빨간 립스틱 만큼은 아니지만 그것과 비슷하게 빨갛다.

왠지 묘하게 부끄러운 기분이 들어서 샤워를 하며 그것을 씻었다.

그러니까 저절로 오늘 아침의 유혜이 귀여웠지…… 하는 생각이 들어, 역시 또다시 부끄러워졌다.

유혜이와…… 해버리고 말았다.

동정도 아닌데, 정말 기뻐서 날아오를 것 같은 기분이었다.

유헤이의 몸이 이 팔에 들어왔다… 라든가, 유헤이의 입술이 부드러웠다… 라든가, 그런 것을 생각하자 몸이 반응해 버릴 것 같지만 참았다.

오늘 아침 막 간 침대의 시트로 쓰러졌다.

아~ 오늘 이 침대에서… 같은 쓸데없는 번민은 멈추고, 잠이 들었다.

유헤이를 생각하면, 자연히 얼굴에 힘이 빠진다.

"행복하다……."

그러니 조금 데굴데굴 몸부림치는 것 정도는 너그러이 봐줘.

눈을 뜨자 눈앞에서 유헤이가 자고 있었다. 자는 얼굴이 바로 앞에 있는 것도 깜짝 놀랐지만… 굉장히 편안한 표정으로 자고 있다. 저 고양이 같은 유헤이.

피곤한 건지 숨소리가 깊다, 머리를 살며시 매만져 봤지만 전혀 일어날 기미가 없다.

그를 깨우지 않도록 살며시 침대에서 빠져나와 부엌으로 향했다.

식탁에는 종이가 한 장 놓여져 있고, '맛있었어요'라고 써져 있었다. 분명히 '요'는 뒤늦게 붙여 적었을 것이라고 생각

되는, 게다가 조금 지저분한 글씨였다.

정성스럽게 써넣으려고 한 기개는 보이지만.

너무 의외여서 조금 웃어버렸다.

이탈리아식 수프 냄비를 보자 꽤 줄어들어 있다. 수프 컵과 스푼이 싱크대에 깨끗하게 세워 놓아져 있었다.

수프를 다시 데우고 빵을 굽고, 간단한 아침을 준비하면서 텔레비전을 켜고 음량을 줄였다.

정치 문제나 스포츠, 연중 화제가 되고 있는 것 이외엔 특별히 아무런 뉴스도 없는 평온한 하루다.

척척 준비를 끝내고, 집을 나왔다.

오전 중은 바빠서, 겨우 휴식을 취한 것은 오후 두 시가 되어서였다.

같은 상황인 듯한 동료가 먼저 휴게실에 있다가, 내가 휴게실에 들어가자 흘끗 이쪽을 노려본다.

"왜, 왜……?"

엉겁결에 기가 죽어 뒤로 두세 걸음 뒷걸음질 치며 묻자, 동료는 주위를 둘러보고 아무도 없다는 것을 확인한 후 이쪽으로 성큼성큼 다가왔다.

그리고 닫힌 문을 등지고 있는 내 옆을 손으로 짚어 도망갈 곳을 빼앗았다.

"뭐, 뭐야, 도대체……."

"너… 카와키타 씨를 찼다고……?"

소름 돋는 그 모습에, 나는 엉겁결에 말없이 고개를 끄덕였다.

카와키타 씨를 찬 것은 사실이다.

아마도 굉장한 상처를 줘버린 걸 테니, 그건 미안하게 생각하고 있다… 고 말해야 할지, 아니, 잠깐, 그런 게 아니라.

내가 그렇게 말하자, 동료는 갑자기 얼굴의 힘을 풀었다.

"아니, 잘했어……!! 역시 니시카와!!"

"……뭐?"

"아니, 뭐, 울컥거리는 기분은 있지만… 그러니까 그렇게 귀여운 아이를 차지는 않잖아, 보통! 하지만 봐, 덕분에, 랄까, 나……."

부끄러워서 얼굴을 긁으며 말하는 동료의 이야기를 나는 조용히 들을 수밖에 없었다.

"뭐랄까… 카와키타 씨에게 고백할까… 할 건데…… 응원해 줄래?"

지금까지 룸이나 여장 바 등등, 상당히 '놀고 있어요' 라는 분위기를 자아냈던 녀석이었지만, 그 얼굴을 보니 아무래도 진심인 것 같았다.

"응, 응원할게! 당연하잖아!!"

"그래? 땡큐! 니시카와!"

그때, 잠시 안심한 모습의 동료를 당사자인 카와키타 씨가 부르러 왔다.

"사와다 선생님? 예약 환자가 왔습니다…… 만, 그런데 또 니시카와 선생님을 성가시게 하는 거예요?"

화가 난 카와키타 씨다.

좀 전까지 부끄러워하던 동료가 갑자기 긴장하기 시작한 것은 조금 재미가 있었다.

나도 유헤이가 좋아서 불타오를 때는 저렇게 보이는 걸까나?

"자~ 그런 여유가 있으면 일합시다, 일!"

"아, 카와키타 씨, 아파! 그렇게 잡아당기지 말아줘!"

카와키타 씨에게 덜미를 잡혀서 끌려가는 동료를 보냈다.

혼자가 된 나는 도시락을 먹고는, 오후의 일로 돌아갔다.

오후는 비교적 여유로웠지만, 이것저것 조금 잔업을 하게 됐다.

집으로 돌아가자, 유헤이는 마침 일을 나가려던 참이었다.

"아, 히로시, 어서 와."

"유헤이, 출근?"

"응응~"

익숙한 모습으로 빨간 하이힐을 신발장에서 꺼내 신는다.

유헤이는 키가 작은 것도 아니라, 힐을 신으면 나보다도

조금 키가 클지도 모른다.

"유헤이, 잘 다녀와."

"응, 다녀올게."

유헤이는 그렇게 말하고, 문으로 나갔다.

엇갈려 버린 게 조금 쓸쓸하네… 라고 생각하면서 신을 벗고 현관에 오르자, 순간 엄청난 기세로 문이 도로 열렸다.

"히로시."

뒤에서 유헤이가 불러 돌아보았다. 뭔가 화가 난 듯한, 부끄러운 듯한 유헤이가 있었다.

"유헤이, 깜빡하고 두고 간 게 있어? 내가 가지고 올까?"

"응. 깜빡한 것."

유헤이가 꽉 하고 내 손을 끌어 당겼다.

그리고, 쪽 하고 가볍게 내 입에 키스를 한다.

"출근 뽀뽀, 잊었어."

"……그래."

솔직히 코피가 나는 줄 알았다.

"나는 하지 않는데, 출근 뽀뽀."

멋쩍은 듯 말하자 유헤이가 싱긋 웃었다.

"언제라도 해줘도 돼."

그런데 왜 이런 일이 되었는가 하니, 유헤이 왈 '리벤지' 라는 듯하다.

"그, 그런 곳 핥지 않아도 될 텐데……."

"시끄러."

내 것을 입에 문 채 유헤이가 이쪽을 노려보고 있다. 그걸 바로 바라볼 수가 없어서, 나는 살짝 눈을 돌렸다.

추릅추릅 하는 외설적인 소리가 방 안으로 울려 퍼지고, 머릿속이 붕 떠서 충분히 기분은 좋았다.

"읏… 하아… 히로시, 이제 딱딱해졌어……."

귀두를 뺨에 비비듯 장난스러운 웃음을 띠고, 유헤이는 자신의 입술을 핥았다.

왠지 이런 꿈, 꾼 적이 있는 것 같다.

그때는 그저 유헤이에게 미안해했는데.

"왠지 이 광경, 꿈에서 본 적이 있어……."

용기를 가지고 고백을 하자, 유헤이는 조금 신기하다는 듯한 표정을 하고는 다시 한 번 더 입을 벌렸다.

"기억 못하는 거야? 처음 히로시를 데려왔을 때, 나 펠라 했었는데. 그때 히로시 전혀 서지 않았어."

유헤이는 그렇게 말을 하고는, 부푼 줄기까지 입안으로 넣었다.

으, 으앗, 이미 갈 것 같다!!

"잠, 잠깐 유헤이, 정말… 나, 나올 것……!"

"읏… 나왔다."

"안 돼, 안 돼! 그런 건 안 된다고!!"

머리가 빙빙 돈다.

가고 싶어서, 참을 수가 없어서, 유헤이의 입안으로 내보내고 말았다는 위기감이 빙빙 도는 머릿속에 제동을 걸었다.

"괜찮아. 내보내, 히로시."

그가 스읍 하고 큰 소리를 내며 내 기둥을 들이마셨다. 한심하게도 이성이 날아가 버렸다.

"아읏!"

가는 신음 소리가 목에서 새어 나오고, 콸콸하고 그곳이 맥박 치는 것을 느꼈다.

머리가 새하얘진다. 하지만 한순간에 현실로 되돌아왔다.

꿀꺽, 하고 유헤이의 목 넘기는 소리가 들려왔기 때문이다.

"유, 유헤이! 그, 그거 뱉어야……!!"

엉겁결에 상반신을 일으켰다. 핏기가 가셔 현기증까지 났다.

"왜? 이미 먹어버렸는데?"

"먹어버렸는데라니! 아아, 이제! 그런 건 먹지 않아도 돼!"

"괜찮잖아, 별로. 먹는다고 뭔가 닳는 것도 아닌데……."

유헤이는 내가 너무 당황하며 놀라서인지, 조금 눈을 동그랗게 떴다.

"아니, 그게."

"그게, 그게 하면서 당황 안 해도 돼. 나는 복수를 달성해서 만만세야."

만족스럽게 자랑스런 송곳니를 보이며 히죽 웃는 유헤이다.

나는 납득이 가지 않았지만, 유헤이가 만족하면 됐다고 여기기로 했다.

"…하지만, 칫솔 바꾸자. 응? 사둔 게 있으니까."

"뭐 괜찮은데."

티셔츠를 입으며 유헤이가 이쪽을 본다. 유헤이는 정말 뭘 해도 도발적이다. 예를 들어 저렇게 바지를 입고 있을 때조차도.

그래서 나는, 이런 관계가 된 지금도, 역시나 그런 모습 하나하나에 두근두근거리고 있다.

"여기, 이거 써."

유헤이는 내가 건넨 칫솔을 받아, 그것을 세면대 컵에 세워 넣는다.

내 것과 유헤이의 것이 딱 정돈되어 선반에 들어가 있다.

이렇게 생활이 서로 섞인 지 이제 삼 개월이나 됐지만, 아직, 아직도 생생히 놀랄 일뿐이다.

"그러고 보니, 히로시. 전에 말했던 그 귀여운 여자아이와 동료는 어떻게 됐어?"

유헤이는 기억력이 좋아서, 내가 저녁 식사 시간에 살짝 말한 것까지도 꽤 기억하고 있다.

물장사를 하고 있으니 그런 건가.

"아~ 왠지 카와키타 씨는 조금 난처했던 것 같지만, 왠지 아예 가능성이 없는 건 아닌 거 같아."

세면대에서 나오자, 유헤이가 커피메이커의 스위치를 켜고 있었다.

"흐음……."

유헤이는 금세 흥미를 잃은 듯 커피컵을 찾기 시작했다.

"뭔가 신경 쓰이는 게 있어?"

"아니, 좀……. 그 여자아이 히로시를 노렸었잖아."

"확실히 거절했는데?"

"아니, 그건 알고 있지만……. 뭐라고 할까, 나, 그 여자아이 같은 여장을 하고 싶으니까, 왠지 확실히 행복해 주지 않으면 복잡하달까."

커피를 입으로 가져가면서 유헤이가 말했다.

나는 그녀를 찬 몸이니, 유감이지만 아무 말도 할 수가 없다.

하지만 이것만은 확실하다.

"유헤이는 미인이고 아름다워. 다른 누군가와 비교할 필요 따윈 없어."

내가 그렇게 말하자 유헤이는 한동안 내 얼굴을 물끄러미 보고는, 그리고 풋 하고 뿜었다.

"남자에게 미인이라든가 아름답다든가, 그런 말은 어지간하면 못 할 텐데."

"하지만 캐서린일 때는 많이 듣잖아?"

"캐서린과 나는 별개니까."

"그런 게 아냐. 유헤이가 캐서린이고, 둘 다 굉장히 아름다워."

컵을 잡은 그의 손을 양손으로 감싸고 전했다.

고백 단계이니만큼 진지하게.

유헤이는 어안이 벙벙한 표정으로 이쪽을 봤다.

"히로시, 나에게 상당히 빠져 있네."

농담인 듯 말하지만 유헤이의 얼굴은 조금 빨갛게 변해 있었다.

"그, 그거야 그래! 좋아한다고 몇 번을 말하면 알아줄 거야?"

너무 좋아서 영문도 알 수 없을 정도다. 유헤이는 잠깐 그런 영문도 알 수 없는 나를 보다가, 갑자기 안절부절못하더니 조금 고개를 숙였다.

"나, 쭉 말하지 않았는데."

유헤이는 그렇게 말문을 열고는, 마음을 정한 듯이 확 하고 얼굴을 들었다.

"좋아해. 히로시."

그렇게 말하고 유헤이는 얼굴을 찡그리면서 웃었다.

그 표정은 소년처럼 순수해서, 덩달아 나도 웃어버렸다

15화
라이벌 습격

"캐서린, 큰일이야."

착실히 그려진 가는 눈썹을 찡그리며, 마돈나 마마가 마지막까지 남아 있던 나에게 말을 걸어왔다.

『마돈나』는 첫 지하철이 다닐 때까지 하는 클럽이니, 추운 계절이지만 이미 주위는 밝아지고 있었다.

"무슨 일이에요?"

일을 끝낸 뒤 한숨 돌리고 있던 나는 엉겁결에 반문해 버렸다.

"아까 문을 열었더니, 이 아이가!!"

그렇게 말하고 확하고 마마가 나에게 들이댄 것은 작은 잡종 강아지였다.

"그거……."

"그러니까, 버려진 거야. 가게 앞에!"

마돈나 마마가 동물을 좋아한다는 것과 동물 알레르기가 있다는 것은 가게의 모두가 알고 있는 사실이다. 이렇게 있는 짧은 사이에도 재채기가 나올 듯 보였다.

그런 이유로.

아니, 어떤 이유인지는 모르겠지만, 지금 그 강아지는 내 팔에 들어가 있다.

다행히 얌전히 굴어 주고 있지만, 지하철로 돌아갈 수는 없어서 택시를 탔다.

푹신푹신한 강아지다. 작고, 의지할 곳 없고, 귀여운.

하지만 나를 경계하고 있는 것인지, 바들바들 떨고 있다. 어쩌면 내 향수가 지독한지도 모른다고 생각했지만, 사실 개에 대해서는 잘 모른다.

일단 아파트는 애완동물 금지라, 발각되지 않도록 코트 안에 감추고 걸음을 서둘렀다.

왠지 불법 운반책 같다, 나.

문을 열자 히로시가 반겨주었다. 내가 보낸 메시지를 보고 눈치를 채준 것 같다. 히로시는 '아침 일찍이라 아무것도 할 수 없었어' 라고 눈썹을 모았다.

"그런데 심하네. 이런 시기에 강아지를 버리다니."

히로시는 화가 난 듯이 말하고는, 우선 편의점에서 사 왔다고 하는 강아지 캔의 마개를 열었다.

통조림에는 제대로 '어린강아지용' 이라고 써져 있었다.

강아지의 나이는커녕, 그 이외에 어떤 종류가 있는지조차 모르는 나도, 히로시가 신경을 써주고 있다는 것쯤은 알 수 있었다.

팝적인 컬러의 플라스틱 용기에(요전번 함께 갔던 가구점에서 막 산 녀석이다) 솜씨 좋게 내용물을 담아 히로시가 강아지 앞에 내밀었다.

강아지는 조금 망설이는 듯하더니, 히로시가 머리를 쓰다듬어 주자 안심이 됐는지 조심조심 먹기 시작했다.

"오오~ 먹는다."

"그런데, 어떻게 할 거야? 유헤이, 이 아이 기르고 싶어?"

히로시는 강아지가 와구와구 밥을 먹는 것을 관찰하면서 물어왔다.

"그게… 잘 모르겠어. 마마가 알레르기니까 데리고 왔을 뿐인데."

"그런가……. 하지만 이 아이, 또다시 버려지면 불쌍해……."

히로시는 그렇게 말하며 강아지의 허리주변을 살며시 간

질였다.

언제나 환자의 입술이나 입안을 만지고 있는(그리고 경우에 따라서는 나도 만진다) 그 섬세한 손가락이, 지금은 강아지의 복슬복슬한 털을 만지고 있다.

위험하다. 욕정할 것 같다.

"자고 일어나면 생각하자. 지금은 졸려서 아무것도 생각할 수 없어."

"아, 그렇겠네. 미안, 미안. 샤워하고 올게."

나는 대충 말을 얼버무리고, 샤워를 하러 갔다.

샤워를 하면서, 불쑥 끼어 들어온 이질적인 생물에 대해 생각했다.

동물을 키운 적은 지금까지 한 번도 없었다. 하지만 좀 전처럼 부들부들 떨고 있는 강아지를 보고 있자니, 뭐랄까… 히로시 같다고 할까. 가만히 내버려 둘 수 없다는 생각을 해버렸다.

"아~안 돼, 안 돼. 수면부족은 미용의 적!!"

우선 생각을 스톱시키고, 샤워를 하고 나와 스웨터로 갈아입고 침대에 드러누웠다.

다행히 잠은 바로 쏟아졌다.

어차피 오늘은 휴일이다.

팟 하고 눈을 뜬 것은, 뭔가 차가운 감각 때문이었다. 그리고 이상한 냄새.

"뭐, 뭐야?!"

눈을 뜨자, 내 눈앞에 털 덩어리 같은 폭신폭신한 강아지가 미안한 듯한 얼굴로 다가와 뺨을 핥고 있었다.

'강아지도 표정 같은 게 있었구나.'

냉정히 그런 것을 생각하다가, 곧 강아지가 미안한 듯한 표정을 한 이유를 바로 알 수 있었다.

젖었다.

"이, 이놈!!"

엉겁결에 단숨에 일어나자, 강아지는 데굴데굴 굴러서 침대 밑으로 떨어지고 말았다.

어, 어떻게 하지?!

우선 순식간에 시트를 벗기고, 티셔츠를 벗어 세탁기에 집어넣고는, 세제를 넣고 스위치를 눌렀다.

하지만 이미 저녁이다. 이런 시간에 세탁기를 돌려도 될까? 돌린다 해서 빨래가 마를까? 등등, 히로시 같은 생각을 해버렸다.

강아지는 이미 자신이 한 실수에 완전히 기가 죽어 있는 듯 보였다. 어떻게 해야 좋을지 알 수가 없다.

"울고 싶은 것은 나라고⋯⋯."

나도 모르게 그렇게 중얼거리고 말았다.

어쩔 수 없이 둘이서(둘이라고 해야 하나) 히로시를 기다리기로 했다.

쭈뼛쭈뼛거리며 강아지를 만지자, 문질문질 몸을 기울여 온다. 그 모습이 익숙지가 않아, 조금 어색했다. 분명 서로 어색한 것이다.

"뭐야……."

처음에는 다소 주춤거리며 어리광을 부리더니, 점점 어리광이 장난이 되어왔다.

최종적으로는 무릎 위에 올라와서 나는 미동도 못하게 되었다.

"너 술주정꾼 같아……."

어쩔 수가 없어 그대로 어리광을 받아주게 되었다. 발이 저려왔지만, 뭐 방법이 없다.

손가락을 가까이 대자 핥아온다.

좋은 건지 아닌지 잘 모르겠다.

하지만 기분이 들떠, 나쁘지 않은 건지도 모른다.

"다녀왔어."

현관에서 히로시의 목소리가 났다.

"어라? 유헤이, 없어?"

"있어, 있다고!!"

미동도 할 수 없어 그 자세 그대로 부르자, 히로시가 나를

찾아냈다.

"무, 무슨 일이야? 유헤이."

"어떻게 치워야 할지 모르겠어."

"아아."

히로시가 익숙한 동작으로 가볍게 강아지를 안아 올렸다.

그제야 겨우 일어설 수가 있었다. 예상대로 다리에 쥐가 났다.

"히로시, 그 강아지 키우자."

이렇게 된 이상 왠지 보내고 싶지가 않다.

히로시는 빙긋 하고 웃으며 말했다.

"그럼, 이사하자."

모처럼이니 이름을 붙여줄까나.

여자아이니까, 그래, '메리'는 어떨까?

"왜 메리야?"

"그러니까, 왠지 영어 교과서 같지 않아? 캐서린도 메리도. 그렇지, 메리?"

히로시는 퇴근길에 사온 듯 보이는 강아지용 물건을 늘어놓으며 쑥스럽게 강아지에게 말을 걸었다.

"왜 그런 준비를……. 나, 키운다는 말은 하지 않았는데."

"왜냐하면 유헤이는, 기본적으로 곤란한 사람이나 동물을 보고 잘 못 지나치니까."

나도 주워진 몸이고, 라며 히로시는 덧붙였다.

강아지는 행복하다는 듯이 히로시의 다리에 엉겨붙어서 응석을 부리고 있다.

"응? 밥?"

"…히로시, 나도 밥~"

"그럼, 메리를 먼저 먹이고 나서."

왠지 좀 보람이 없다.

히로시는 사온 사료 봉지를 열고, 아침에도 사용했던 플라스틱 용기에 그것을 담아 메리 앞에 놓아 주었다.

"그럼, 이번엔 유헤이의 차례니 조금 기다려 줘."

"오늘은 뭐야?"

"오코노미야키."

히로시는 그렇게 말하고 앞치마를 하며 부엌으로 들어갔다. 나도 조금은 기분이 좋아졌다.

메리는 먹이를 다 먹은 듯 방구석에서 만족한 듯이 동그랗게 몸을 웅크렸다.

"침대 사줬는데도~"

핫플레이트를 준비하면서, 히로시가 아쉬운 듯이 중얼거렸다.

히로시가 사온 것은 팬시적인 꽃무늬의 강아지용 침대로, 왠지 이 집에는 어울리지 않는 느낌이었다.

"이사라······."

"그리고 보니, 왜 유헤이는 이런 고급 아파트에서 살고 있는 거야?"

오코노미야키의 재료를 섞으며(히로시는 요리는 잘하지만 기본적으로 잔손이 많이 가는 것은 만들지 않아서, 대체로 재료를 전부 섞는 식의 오코노미야키가 된다) 나에게 물었다.

"옛날 남자가 부자였어."

단적으로 말하자, 히로시가 조금 신경이 쓰이는 듯한 표정을 지었다.

"혹시 물으면 안 되는 거였어?"

"아니, 별로."

뒤집개로 커다란 오코노미야키를 요령 좋게 뒤집는다.

왜 자신이 이 집에 살고 있는지에 대한 대답은 되지 않았지만, 히로시는 그 이상은 물어오지 않았다.

그러고 보니 여기서 꽤 오래 살았다는 기분이 들었다.

내일 마마에게도 물어봐야겠다.

좋은 방 없는지.

"메리~ 이리 와."

둘이서 그릇을 치우고 거실에서 편하게 쉬고 있자, 히로시가 메리를 불렀다.

메리는 처음에는 망설였지만, 싱글벙글 웃으며 부르는 (자신과 동류의) 히로시에게 다가와 쓰다듬어지고 있다.

"히로시, 강아지 같은 거 길렀었어?"

"본가에 있어. 두 마리. 둘 다 아직 살아 있고."

"그랬구나."

그래서 히로시는 강아지 다루는 게 능숙했던 것이다.

감탄하며 그 모습을 보자, 메리는 점점 기분이 좋아졌는지 배까지 뒤집어서는 히로시에게 어리광을 부렸다.

무방비한 녀석이다.

따뜻한 마음으로 바라보고 있었는데, 순간 히로시의 무릎 위 메리와 눈이 마주쳤다.

으억……!

이 강아지, 후훗, 이라는 눈으로 나를 보고 있다! 여자 특유의, 그 눈빛으로!!

갑자기 울컥하는 마음이 솟아나왔다. 내 안의 캐서린이 욱했다.

메리는, 나와 싸울 마음이다!!

그렇다면!!

그 승부, 도발을 받아들여 주지!!

"방을 빨리 찾아봐야겠네."

아무것도 모르는 히로시가 행복하다는 듯이 우리들을 번갈아봤다.

다음 날부터 우리는 집을 구하기 시작했다.

나는 몰랐지만, 의외로 강아지란 것은 손이 많이 가는 것 같았다, 예방 접종이나 피임, 아침(히로시 담당)과 저녁(내가 담당)에 두 번의 산책도 필요했다.

교육도 해야 하고, 화장실 트레이닝도 해야 한다.

하지만 히로시 왈, 메리는 천성이 상냥하고 얌전한 강아지라 조금은 편안한 편이라 한다.

"근처에 동물병원도 있는 게 좋겠네."

몇 가지 방을 체크하면서 히로시가 중얼거렸다.

그 무릎에는 어느새 메리가 올라와 있어서, 귀엽기는 하지만 조금 유쾌하지는 않다.

가끔 내 무릎 위로 올라오기도 하지만, 뭐, 그건 따뜻하고 기분이 좋다.

하지만, 이렇게 메리 중심의 생활이 되어 가는 건 뭔가 좀 느낌이 다르다.

이상하다. 이렇게 독점욕이 강했던가, 나.

어째서 강아지에게까지 질투를 하고 있는 거지······. 그러고 보니, 최근 산책 때문에 피곤해서 일찍 자버리느라 섹스도 하지 않았다.

"아, 이게 어떨까?"

히로시가 종이를 내밀어왔다.

나는 그것을 손으로 받지 않고, 상체를 앞으로 쭉 내밀었다.

히로시의 무릎을 차지하고 스웨터에 성대하게 침을 흘리고 있는 메리를 안아 올리곤 마루에 누였다.

그리고, 히로시의 무릎에 내가 올라탔다.

"유헤이?"

"히로시, 최근엔 메리 이야기만 하잖아."

"그, 그런가…… 하지만 봐, 유헤이는 사람이니까 뭐든지 할 수 있지만, 메리는 이 세상에서 혼자서는 살아갈 수가 없잖아?"

"……나도 무리야."

"응?"

"히로시가 없으면 죽을 거야."

내가 한 말이긴 하지만 이렇게 낯 뜨거운 대사를 잘도 말하다니?! 얼굴이 단숨에 붉게 물드는 게 느껴졌다.

히로시가 눈을 동그랗게 하고 나를 봤다.

"혹시 유헤이, 질투해? 강아지에게?"

"그래. 좋지 않다고. 나한테도 좀 더 히로시가 마음을 써줬으면 해. 가끔은 무릎에 올려주면 좋겠는데."

부끄러움을 감추기 위해서 단숨에 말하자, 히로시의 손이 슬며시 뺨으로 뻗어왔다.

쪽, 하고 가볍게 입술이 닿는다.

"유헤이, 귀여워."

올려다보는 히로시의 얼굴도 빨갛게 변해 있다.

나를 더 부끄럽게 만들기에 충분할 정도로.

16화
안녕, 침입자(인베이더)

"유헤이, 귀여워."

나는 지금 엄청난 감동을 하고 있다.

그 유헤이가 질투를 하다니.

정신을 차리자, 이미 그에게 키스를 하며 그대로 바닥으로 쓰러뜨리고 있었다.

"히로시."

유헤이는 젖은 눈동자로 나를 응시하며, 조바심을 내는 듯 내 목을 끌어안아 왔다.

유헤이가 어리광을 부리다니?!

너무 행복해서 현기증이 났지만, 이성을 유지하면서 더욱더 깊게 입을 맞췄다.

혀가 얽히고, 작은 물소리가 났다.

천천히 입안을 범하듯 숨도 쉴 수 없는 키스가 유헤이의 취향이다. 금방 숨이 거칠어진다.

"히로시… 좀 더……."

그가 조르는 대로 다시 한 번 더 키스를 하며, 그의 옷 안으로 손을 미끄러뜨렸다.

"웃……."

피부에 조금 닿았을 뿐인데, 유헤이가 민감하게 반응을 해 온다.

"유헤이, 혹시 쌓인 거야?"

"…그런 거 아냐."

흥, 하고 얼굴을 돌리는 유헤이는 정말 귀엽다.

"나는 쌓였어. 유헤이를 빨리 안고 싶어서 참을 수가 없어."

꽉 하고 몸을 끌어안는다. 유헤이의 몸은 가늘고 뼈가 앙상하지만, 피부는 누구보다도 매끈매끈하다.

"히로시, 야해."

유헤이는 강한 척 하며 그렇게 내 귀에 대고 속삭였다.

나를 부추기는 효과가 뛰어나다. 하지만 이미 나도 유헤이의 한숨과 같을 정도로 뜨거워져 있다.

"야해지고 있어."

유헤이의 몸을 안은 채, 나는 에잇 하고 마루를 굴렀다.

"우와앗."

유헤이를 몸 위에 올리는 듯한 자세가 되었다.

갑작스런 일에 놀랐는지 유헤이가 나에게 꽉 매달렸다.

"왜, 왜 그래, 히로시."

"그 자세라면, 유헤이 등이 아프잖아?"

마룻바닥은 싸늘하기 때문에, 별로 이런 일에는 적합하지 않다.

"그럼, 히로시가……."

"나는 괜찮으니까."

부드러운 흑발을 손가락으로 넘기며 그 귀에 속삭였다.

"내 위로 올라가서, 스스로 움직여 줘."

간절한 듯 그렇게 말하자, 유헤이가 힐끗 나를 노려본다.

하지만 그건 화가 난 게 아니라, 부끄러운 얼굴이었다.

그가 바로 스웨터를 벗기 시작했다.

나도 옷을 벗는 사이에, 유헤이는 침실로 가 로션과 콘돔을 가져왔다

"이미 발기해 있네. 히로시."

의기양양하게 말한다.

"…응."

결국 평소와 같은 패턴이 된 기분이지만, 뭐 괜찮다.

"히로시 마음대로 두지 않을 테니까."

유헤이는 그렇게 말하고는, 내 물건으로 얼굴을 엎드렸다.

"웃⋯⋯."

키스 같은 물소리와 함께, 뜨거운 것이 나를 감싼다.

스스로도 자칭하는 만큼, 유헤이는 이런 것이 굉장히 능숙하다.

하지만 바로 지금, 모처럼 유헤이가 어리광을 부리는 이 찬스는 놓칠 수가 없다.

"유헤이, 이쪽으로 엉덩이를 돌려줘."

하고⋯ 싶어지잖아?

유헤이가 여전히 부끄러운 듯이 나를 노려봤다.

"가끔은 괜찮지 않아?"

내가 말하자, 유헤이는 조금 눈을 치켜뜨는 시선을 보내고는, 단념한 듯이 엉덩이를 이쪽으로 향해왔다.

나는 손가락을 미끄러뜨렸다.

"앗, 웃⋯ 하웃."

유헤이의 민감한 곳을 조금씩 조금씩 덧그리자, 곧 새된 교성이 들려왔다.

"⋯히로시, 변태."

그의 그곳에, 타액으로 젖은 손가락을 쓰윽 하고 넣었다.

순간 나의 것을 입에 넣고 빨던 그가 입을 떼고, 하아 하고 짧은 숨을 내쉰다.

"유헤이, 기분 좋아?"

물어봐도 대답은 없다.

하지만 유헤이가 충분히 젖어 있다는 것은 나도 잘 알 수 있다.

손가락을 빼고 넣는 것을 반복하자, 귀엽게 선 것이 움찔 움찔하고 흔들린다.

입구를 조금씩 주물럭거리자, 유헤이의 입술이 내 것에 닿은 채 떨림이 전해져 왔다.

마치 내가 지르는 쾌감을 맛보고 있는 것처럼.

"유헤이, 굉장한 섹스야. 기분 좋아."

"웃……!!"

"메리에게 질투해서 어리광을 부리다니, 천천히 귀여워해 줄게."

안쪽까지 넣은 손가락을 돌리고, 내벽을 힘껏 끌어당겼다.

"웃, 아웃으……!"

쾌감을 참으며, 필사적으로 내 것을 핥고 있는 유헤이.

항상 리드만 당했었는데 조금 신선하다.

와들와들 떠는 허리에 손을 대고, 손가락을 두 개로 늘렸다.

"하웃하… 아아웃……!!"

이제 무릎을 세우는 게 고작인 듯, 유헤이의 몸이 무너져 내릴 듯했다.

"유헤이, 넣고 싶어. 넣어도 돼?"

"그런 거, 물어보지……."

땀에 전 유헤이의 몸이 내 위에 다리를 벌리고 세워지듯 올려졌다.

올려다본 몸이 가늘어, 사랑스러운 마음이 내 가슴에 밀려 들어온다.

"하아, 이제……."

떨리는 손으로 로션의 뚜껑을 열고, 유헤이의 손이 우리들의 그곳에 미끈미끈하게 흘러 들어왔다.

"히로시……."

검은 눈이 살짝 아래로 깔리고, 천천히 점막이 덮여 왔다.

"하웃……!"

질퍽질퍽, 내가 그의 안으로 묻혀 가는 걸 느꼈다.

따뜻하다.

"…전부 넣었어."

유헤이가 숨을 크게 내뱉고, 그리고 마신다.

"……움직여."

그의 손을 잡고 부탁하자, 유헤이는 조금 힘이 빠진 듯 요염한 얼굴을 한다.

"성급하네……."

그렇게 말하면서도 천천히 허리를 움직인다.

한심하게 나는 크게 헐떡였다.

"히로시, 기분 좋아?"

"굉장히 기분 좋아……."

정말이야, 유헤이.

기분이 너무 좋아서, 기뻐서, 이제 아무것도 생각할 수 없을 정도다.

허리의 위치를 바꾸고 삽입의 각도를 바꾸며, 부드러운 유헤이가 춤을 추듯 나를 몰아친다.

이 기분을 전하고 싶어, 끈적끈적한 액을 흘리는 유헤이의 그곳에 손가락을 넣었다.

유헤이가 더욱더 달콤하게 헐떡인다.

그의 쾌감이 단단한 조임이 되어, 나에게로 돌아온다.

"유헤이, 갈 것 같아… 갈 것 같아."

"괜찮아……. 내보내, 히로시."

몸의 울림이 합쳐진다.

우리는 거의 동시에 절정으로 달했다.

콸콸 맥이 치고, 그의 안에서 열이 떨어진다. 동시에 유헤이도 몸을 뒤로 젖히고, 내 위에서 욕망을 흘렸다.

낯익은 천장.

나에게 겹쳐오는 역광의 유헤이.

그 머리카락을 부드럽게 만진다.

"히로시, 점점 변태가 되어가네……."

유헤이가 샤워를 하며 그렇게 중얼거렸다.

나는 얼굴에서 불이 날 만큼 부끄러워졌지만, 겨우 표정을 숨겼다.

"그, 그런가……."

"히로시, 얼굴 완전 빨개."

하하하, 하고 유헤이가 태평하게 웃는다.

유헤이가 야하니까 어쩔 수가 없잖아!!

둘이서 샤워를 하고 침대로 돌아가자, 메리가 침대 한가운데에서 몸을 둥글게 말고 잠을 자고 있었다.

왠지 굉장히 행복하다.

"이번 주말, 방을 보러 가자. 마마에게 물어놓을 테니까."

유헤이는 그렇게 말하고, 한가운데서 자고 있는 메리에게 방해가 되지 않도록 몸을 ㄱ 자로 하며 침대에 누웠다.

유헤이가 귀여워서 나도 그렇게 했다.

*　　　*　　　*

마돈나 마마의 소개라서 조금 긴장했는데, 전화로 들려온 남자의 목소리는 시원시원한 어조였다.

그 주말에 부동산으로 가서, 우리들은 집을 정했다.

교외의 역이었지만, 주변에 여러 가지가 있는 나름대로 편리한 장소였다.

역에서 도보 십오 분, 유헤이의 직장에서는 조금 멀어져 버렸지만, 중고의 독채였다. 마당도 딸려 있고, 공원도 가깝다. 그리고 계단은 조금 좁았다.

풀 향기가 나는 다다미방, 리폼된 부엌, 조금 좁은 욕실과 화장실, 세면대.

마당에는 가정용 텃밭을 가져도 좋을 듯했다. 절로 꿈이 커져만 갔다.

"여기, 침실로 하자."

그때까지 칭찬의 말도 불평의 말도 없이 나를 따라다니던 유헤이가 가리킨 곳은, 가장 넓고, 당연히 가장 좋은 방이었다.

둔하게 반짝이는 마룻바닥에 해가 닿아서 옅은 흠이 많이 떠올라 있었다.

한가운데에 유헤이가 조용히 웅크렸다. 그 모습이 마치 고양이 같았다.

"응, 좋아."

큰 창에 커튼을 걸면, 살랑살랑한 느낌에 기분이 좋을 것이다.

"히로시, 침대 이쪽에 둘까?"

"응."

"아예 새로운 걸로 사자. 전보다 한결 큰 놈으로."

"응? 새로 사는 거야?"

"응."

유헤이가 창을 보면서, 눈이 부신지 아름답게 찌푸렸다.

"앞으로는 베드룸 쉐어가 아니라, 둘만의 침실이니까."

그렇다. 그 집이 조금 그립지만, 이곳이 진짜 우리들의 집인 것이다.

"…그래."

유헤이의 옆, 따뜻한 마루에 앉았다. 어느 쪽도 아닌, 서로를 응시하고 있다.

그리고 우리는 이사업자가 짐을 옮겨줄 때까지 천천히 키스를 했다.

머리가 녹을 것 같다. 빨리 이불을 펴고 싶다.

"처음에는 말야, 엄청 성실한 사람이라고 생각했어. 히로시를."

누워 뒹굴면서, 그가 중얼거린다.

"지금은?"

"지금도 마찬가지야."

헤헷, 하고 유헤이가 웃었다.

계절이 눈 깜짝할 사이에 한 바퀴를 돌아, 슬슬 우리가 만난 것도 일 년이 된다.

가정용 텃밭에 심은 야채들도 점점 제철의 것이 늘고 있다.

"히로시."

가게에서 돌아온 유헤이는 아직 캐서린 화장인 채였다.

"어서 와. 벌써 퇴근 시간인가"

"응. 아무리 휴일이라 해도, 히로시는 텃밭을 너무 좋아하는 거 아냐? 이렇게 이른 아침부터. 그치, 메리?"

개라는 생명체는 예상외로 성장이 매우 빨라서, 그렇게 작았던 메리는 이제 완전히 성견의 모습을 하고 있다. 하지만 얼굴만은 아직 천진난만하다.

"그런데, 그 손에 든 건 뭐야?"

유헤이가 한 손에 우편물인 듯한 봉투를 들고 있었다. 꽤 훌륭해 보이는 봉투다.

"수신인은?"

"에~ 니시카와 히로시님, 캐서린님."

"유헤이도?"

"그런 거 같아. 우선 열어보자."

유헤이가 재촉해서, 나는 텃밭용 장갑을 벗고 편지의 봉투를 잘랐다.

열어보니, 카와키타 씨와 동료의 결혼식 초대장이었다.

"직장에서 그런 이야기 없었어?"

"응, 없었어. 하지만…… 그렇군, 이제 한 달 반 남았네."

그 후, 마침내 카와키타 씨를 설득해서 승낙을 받은 동료는 직장 모두의 선망의 대상이 되었다.

"그렇다 쳐도 캐서린이라니."

"아니, 아마 본명을 모르지 않아?"

"그런가. 그런데 왜 이 봉투가 이 주소로 도착한 거지?"

"아… 나 사실은 유헤이와 함께 살고 있다는 걸, 이 두 사람에게는 말해뒀어."

그렇게 말하자, 유헤이가 한동안 손안에서 초대장을 만지작거리다가 방긋 웃었다.

"그런가, 나를 '캐서린'이라고 부른 건 그 때문이었구나. 왠지 도전적이네."

뭔가를 꾸미는 듯한 얼굴이다.

나는 유헤이의 머릿속 작전회의에는 따라갈 수가 없지만, 아마도 굉장한 승부용 옷 같은 걸 입고 갈 생각인 모양이었다.

"아, 하지만 슬슬 졸려, 위태위태하니까 일단 잘래."

유헤이는 그렇게 말하고는, 텃밭을 돌보고 있던 내 쪽으로

순간 몸을 굽혀 이마에 쪽하고 뽀뽀를 했다.

멀어져 가는 캐서린의 모습에, 왠지 조금 쓸쓸한 기분이 되었다.

…나도 다시 자버릴까.

일어서서 기지개를 펴니, 바로 잠이 덮쳐왔다.

"후아……."

무심결에 흘러나온 하품에, 눈가에 눈물이 맺힌다. 하지만 이건 전혀 감상적인 게 아니다.

완전히 훌륭한 성견이 된 메리가 졸졸 내 뒤를 따라온다.

침실로 돌아가자, 유헤이가 화장을 지우고 티셔츠 차림으로 자고 있었다.

그것을 보자, 유혹이라도 당한 듯 잠이 몰려온다.

유헤이를 깨우지 않도록, 살며시 옆으로 누웠다.

그러자 메리가 우리들 사이로 끼어들어 와서는 분위기 파악 못하고 내 얼굴을 핥았다.

"간지러워."

웃음을 터뜨리는 바람에 유헤이가 살짝 눈을 떠 나를 본다.

"응? 히로시도 자는 거야?"

"응. 낮잠 자려고."

"응… 나야 좋지만."

"잘 자, 유헤이."

"응, 잘 자······."

졸린 목소리가 사르르 녹듯이 울린다.

우리들은 함께 잠에 들었다.

그리고 일어나면, 아침도 아닌데 '좋은 아침' 이라며 웃을 것이다.

아마도.

『동거 규칙 위반』 완결